EL PELO DE LA DEHESA

MANUEL BRETÓN DE LOS HERREROS

EL PELO DE LA DEHESA

PERSONAJES:

ELISA.
LA MARQUESA.
JUANA.
DON FRUTOS.
DON REMIGIO.
DON MIGUEL.

La escena es en Madrid, en casa de la MARQUESA. El teatro representa una sala con puerta en el foro, que por la derecha del actor conduce a la escalera y a otras habitaciones principales, y por la izquierda a las piezas interiores. Otras dos puertas laterales: la de la derecha es la que corresponde a la habitación destinada a DON FRUTOS; la de la izquierda guía también a lo interior de la casa.

ACTO I

ESCENA I

ELISA. JUANA.

JUANA ¿Y se ha de casar usted con un rústico labriego!

ELISA Sí; ya he dado mi palabra.

JUANA ¿Lo sabe aquel caballero?

ELISA ¿Quién?

JUANA ¿Quién ha de ser? Aquel que hace dos años y medio que la adora a usted y bebe por esa cara los vientos.

ELISA ¡Ah!... Don Miguel.

JUANA ¡Y al nombrarle me pone usted ese gesto! ¿Conque ya no hay esperanza para él?

ELISA Ya ves, acepto la mano de otro...

JUANA Es decir que cual humo se ha deshecho el antiguo amor...

ELISA ¡Amor! Aquello fue un pasatiempo. Me agradaba su figura, su uniforme, su despejo... ¿Qué sé yo? Me complacía en bailar con él y creo que no me sonaban mal en su boca los requiebros. Quizá también de la mía se deslizó en un momento de imprudencia alguna frase que halagara sus deseos; mas yo no perdí el color ni el apetito ni el sueño, síntomas averiguados de un cariño verdadero; y él por su parte, a pesar de que hacía mil extremos, nunca llegó seriamente a hablarme de casamiento.

JUANA Por pura delicadeza. Ya ve usted, un subalterno... Pero yo sé que esperaba de un día a otro el ascenso a capitán...

ELISA Aún así fuera mucho atrevimiento, siendo hija yo de un marqués, que aspirara a ser mi dueño.

JUANA Perdone usted. Él es hijo de barón...

ELISA No te lo niego, mas no es segundón siquiera, que cuatro hermanos nacieron antes que él y están casados, y con prole todos ellos. ¡No es nada lo que tendrían que atarearse los médicos para que él llegara a ser lo que su padre y su abuelo! Y aún eso importara poco como él tuviera otro genio; pero es celoso, tronera, suspicaz y pendenciero. ¿Casarme con él? ¡Jesús! Mi casa fuera un infierno.

JUANA ¡Ya! Como usted no le quiere, exagera sus defectos, sin echar de ver que nacen del mismo amor...

ELISA ¡Qué! Yo apuesto a que el día en que marchó de aquí con su regimiento se propuso relevarme, y me relevó en efecto, con la primer lugareña a quien pidió alojamiento.

JUANA ¿Cómo es posible? Las cartas que escribe cada correo...

ELISA Tres hace ya que no he visto su letra, de donde infiero que ni se acuerda de mí; y, como soy, que me alegro, que así excuso revolver la cabeza y el tintero para imaginar disculpas a la boda que proyecto.

JUANA ¿Quién sabe si al postillón ha ocurrido algún tropiezo, o si tendrá la desgracia don Miguel de estar enfermo? O tal vez está en camino para Madrid, y de intento no nos ha anunciado el viaje, porque quiere sorprendernos.

ELISA No creas tal; y sí viene, ¡bienvenido! Le daremos los dulces.

JUANA Para él serían acíbar, hiel y veneno.

ELISA Vamos, decididamente le proteges.

JUANA Le protejo porque ama a usted, y presumo, hablando con el respeto debido, que no merece...

ELISA Yo no he contraído empeños con don Miguel; ni mamá le querría para yerno.

JUANA Pero ¡por Dios, señorita!... ¿No se muere usted de miedo de pensar en esa boda? Es cosa que no comprendo cómo se decide usted...

ELISA Razones hay para ello. Nuestra casa está arruinada. De su esplendor solariego apenas queda otra cosa que pergaminos, y pleitos, y deudas. Don Baltasar de Calamocha y Centeno, padre que fue de don Frutos, mi novio, y en cuyo pueblo tenemos un caserón ruinoso y cuatro barbechos, hubo de prestar no sé qué cantidad de dinero a mi padre, que Dios haya, cuando pasó aquel invierno en Zaragoza. Tres años después de hacer el empréstito reclamó don Baltasar el capital y los réditos. Pidiole plazos mi padre sin esperar obtenerlos, pero se quedó pasmado cuando con rostro halagüeño le dijo don Baltasar: «Señor Marqués, sin apremios ni jueces, ni ejecuciones, y, lo que es aún mejor que esto, sin que suelte usted un cuarto puedo quedar satisfecho.- ¿Cómo? - Hablemos con franqueza. No es oro ya lo que anhelo, que un terremoto no puede levantar el que poseo, sino títulos y honores; no para mí, pobre viejo que al primer aire colado espero quedarme tieso, sino para aquel buen mozo que ha de heredar mis talegos. Ahora bien, si usted no tiene horror al nombre de suegro, deme usted su única hija para mi único heredero, que si no es de ilustre sangre tampoco nació plebeyo. Él será marqués por ella, ella por él hará bueno el marquesado; y, por último, el gozo será completo cuando nos llame a los dos papá grande un mismo nieto.»

Despreocupado mi padre,   y mi madre... un poco menos,   pero aficionada al lujo cual todas las de mi sexo, aceptaron un partido que por motivos diversos   a todos estaba bien; volviose ufano y contento don Baltasar a Belchite, pero al mes ya había muerto; mi padre murió tambіén, ¡téngale Dios en el cielo! Como siguió tan de cerca al tratado casamiento el duelo de ambas familias, no me habló de este proyecto   mamá hasta cumplido el luto; vencida yo de sus ruegos acepté; también parece que está don Frutos resuelto a cumplir la voluntad de su padre; de un momento a otro llegará a Madrid; se firmarán los conciertos; tú tendrás un buen regalo; yo un buen marido, y... laus Deo.

JUANA Todo eso, señora mía, sería bueno y muy bueno si no hubiera entre los novios tantas leguas de por medio. Usted no ha visto jamás al tal don Frutos. Si es feo...

ELISA No, Juana; muy al contrario.   (Sacando y enseñando a JUANA un retrato.) Juzga por este bosquejo.

JUANA ¡Hola! ¿Retrato?

ELISA A lo príncipe. Fue recíproco el obsequio.

JUANA ¿Hay en Belchite pintores?

ELISA Zaragoza no está lejos. ¿Qué tal?

JUANA Guapote y rollizo. Tiene cara de tudesco. Mas quizá le han adulado..., y aquí no vemos el cuerpo...

ELISA Sé que tiene buenas formas y talla de granadero.

JUANA Pero en el mismo retrato muestra que es zafio y grotesco. Mire usted bien. ¡Santo Dios, qué levita y qué chaleco!

ELISA En Madrid hay buenos sastres, y ya se ha provisto a eso.

JUANA Si, como tengo entendido,   nunca salió de su pueblo, vendrá tan rudo...

ELISA No importa: nosotras le puliremos.

JUANA Taladrará los oídos con aquel maldito acento aragonés.

ELISA Poco a poco   lo irá en la corte perdiendo. ¿Tan fácil es encontrar un marido sin defectos? Si no es fino y elegante, será cariñoso, tierno sencillo, dócil...

JUANA (Entre dientes.) O potro cerril que plante al lucero del alba una coz.

ELISA ¿Qué dices?

JUANA Nada.

ELISA El timón del gobierno   me abandonará gozoso, y eso es lo que yo pretendo.

JUANA Dios lo quiera, mas casarse sin amor...

ELISA Amor es ciego, y aunque acierta alguna vez   es muy mal casamentero.

ESCENA II

ELISA. JUANA. LA MARQUESA.

MARQUESA ¿Aún no te has vestido, Elisa, y esperas hoy a don Frutos?
ELISA ¡Eh! No corre tanta prisa. Es cosa de ocho minutos.
MARQUESA ¿Ocho minutos? No tal; que si has de lucir tu tren...
ELISA Para un novio provincial de cualquier modo estoy bien.
MARQUESA Yo quiero que le deslumbres, aunque afectes abandono, y que desde hoy le acostumbres a las leyes del buen tono. Aunque tu triunfo es seguro, vístete como quien eres. Bueno es prender al futuro con veinticinco alfileres; que si hoy le agradas modesta y así..., a la pata la llana, ya verás lo que te cuesta sacarle blondas mañana. Yo le espero ya, hija mía, porque tu dicha me alegra, con humos de señoría y con ínfulas de suegra. Yo le tengo por un argos, mas se admirará si ve a mamá de tiros largos y a la novia en negligé.
ELISA En mi cara, no en mis dijes, confiar fuera mejor; pero una vez que lo exiges..., vamos, Juana, al tocador.
(Vase con JUANA por la puerta de la izquierda.)

LA MARQUESA. ¡Qué conflicto, Dios eterno! ¡Qué afrenta, Virgen de Atocha! ¡Aceptar yo para yerno a un don Frutos Calamocha! Mas si con él me confundo, ¿quién me hará ningún reproche? ¿Qué papel hace en el mundo una marquesa sin coche? Tal boda no me hace gracia, pero el siglo es tan mercante...
También es aristocracia la del dinero contante. Ese yerno, bien lo sé, será un patán, será un oso, pero yo siempre seré marquesa de Valfungoso.
Mi ejemplo y un figurín harán tal vez el prodigio de desasnarle y, en fin...
¡Hola! Aquí está don Remigio.

DON REMIGIO Salud, Marquesa. Un bagaje..., un astur por otro nombre, ya ha traído el equipaje provisional de aquel hombre. Por la puerta del pasillo ya en su cuarto se introdujo. Ello costará carillo, mas ¡qué elegancia y qué lujo! Obra maestra del sastre... y mía en cierta manera; que fui, temiendo un desastre, el mentor de su tijera.

MARQUESA Que venga al cuerpo del novio es lo que importa en rigor. Lo demás fuera un oprobio para el sastre y el mentor.

DON REMIGIO Todo se hizo, y consta en actas, con entera sujeción a las medidas exactas que vinieron de Aragón. Venga usted a ver la ropa...

MARQUESA Yo la veré más despacio.

DON REMIGIO Mejor no se hace en Europa ni se gasta en un palacio. Ahora, si usted lo permite, voy al parador...

MARQUESA Sí, sí.

DON REMIGIO A esperar al de Belchite para conducirle aquí.

MARQUESA Es mucha molestia...

DON REMIGIO ¡Oh! no. Yo sería muy bellaco, si a dama de tanto pro... Soy amable: este es mi flaco.

LA MARQUESA. ¡Qué trajín! Él se halla en todo.
Merece que se le cobre cariño. Nos come un codo, pero bien lo suda
el pobre.
Hago de él cuanto yo quiero. Ya le gruño, ya le embromo... En la
calle es mi escudero; en casa mi mayordomo. Y a todos con esa fe
sirve. Así tiene un enjambre   de amigos. ¡Oh! siempre fue muy
filantrópica el hambre. Mientras la novia se avía, voy a ver qué
ropa es esa. (Se dirige a la puerta de la derecha.) Mucha lástima
sería...
DON MIGUEL (En la puerta del foro.)   A los pies de usted,
Marquesa.

ESCENA VI
LA MARQUESA. DON MIGUEL.

MARQUESA Caballero, beso a usted... ¿Qué veo! ¡Usted por acá! Mucho celebro...
DON MIGUEL He venido con licencia temporal por dos meses. ¿Usted buena?
MARQUESA Talcualilla. Con el plan que sigo ahora...
DON MIGUEL ¿Y la linda Elisa?
MARQUESA Sin novedad. Sentémonos.
(Se sienta en el sofá. DON MIGUEL va a tomar una silla.)
DON MIGUEL Con permiso...
MARQUESA No. Venga usted al sofá.
DON MIGUEL (Sentándose en el sofá.) Celebro que no haya nadie...
MARQUESA ¿Por qué?...
DON MIGUEL Tenemos que hablar.
MARQUESA Pues ¡vaya! Explíquese usted y no tenga cortedad.
DON MIGUEL No soy yo corto de genio, señora mía, pero hay casos y cosas que al hombre más valiente hacen temblar.
MARQUESA ¿Y qué teme usted? ¿Soy yo alguna fiera...
DON MIGUEL No tal; pero... un desaire...
MARQUESA ¡Desaires a un hombre de calidad, a un amigo! Hágase usted justicia.
DON MIGUEL En primer lugar, declaro a usted que yo estoy enamorado.
MARQUESA ¡Bah, bah! Si de otra culpa más grave no se viene usté a acusar, yo le absuelvo desde ahora. ¿Hay cosa más natural? ¿Y quién es la...?
DON MIGUEL Yo creí que usted lo sabría ya...
MARQUÉS Yo ¿de dónde?
DON MIGUEL Ciertas cosas no se pueden ocultar.
MARQUÉS Pues como usted no se explique...
DON MIGUEL No me he explicado, es verdad, hasta hoy, porque esperaba el ascenso a capitán...
MARQUESA ¡Ah! ¡Dos charreteras! ¡Bien! Ya no hay hombro desigual. ¡Que sea por muchos años!
DON MIGUEL ¡Cumplimiento singular! ¿No querrá usted que, siquiera, aspire a un gradito más?
MARQUESA Perdone usted. Sin pensarlo he dicho una necedad. Si por mí fuera, mañana sería usted general.

DON MIGUEL Si antes me hubiera casado   no tendría viudedad Elisa...

MARQUESA ¡Acabara usted!   ¡Conque es Elisa el imán   de ese tierno corazón?

DON MIGUEL Sí, la amo con ceguedad,   la idolatro, la...

MARQUESA Ahora veo que no sabe usted lo que hay.

DON MIGUEL ¿Pues qué hay...?

MARQUESA Amigo del alma, bien puede usted perdonar. Elisa no es para usted.

DON MIGUEL ¿Seré demasiado audaz   en solicitarla? ¿Acaso porque es corto mi caudal...?

MARQUESA Todo hay que mirarlo, amigo; mas la gran dificultad no está en eso.

DON MIGUEL Pues ¿en qué?

MARQUESA En que la voy a casar.

DON MIGUEL ¡Ay! ¿De veras?

MARQUESA Ya lo he dicho, y yo no hablo en alemán.

DON MIGUEL ¿Cuándo?

MARQUESA Mañana.

DON MIGUEL ¿Con quién?

MARQUESA ¡Qué flujo de preguntar! Con un hombre.

DON MIGUEL ¿Usted no mira que está clavando un puñal en mi pecho?

MARQUESA Amigo mío...

DON MIGUEL Eso es una iniquidad.

MARQUESA ¿Cómo iniquidad?

DON MIGUEL ¡Horrible! ¡Y vengo yo del Baztán para esto!

MARQUESA Con efecto es mucha casualidad. Los dos en el mismo día...

DON MIGUEL (Estoy sudando alquitrán.)

MARQUESA Ahora llegará don Frutos a la puerta de Alcalá.

DON MIGUEL ¿Se llama don Frutos?

MARQUESA Sí.

DON MIGUEL ¡Nombre soez!

MARQUESA Natural   de Belchite en Aragón.

DON MIGUEL ¡Santo Dios! Será un patán, será... ¿Es rico?

MARQUESA Poderoso.

DON MIGUEL ¡Oh matrimonio fatal! ¡Desgraciada Elisa!

MARQUESA ¡Calle! ¿Tan fiera calamidad es un novio millonario?

DON MIGUEL Por san Cosme y san Damián, no la sacrifique usted a un marido montaraz; no con un golpe de estado quiera usted tiranizar...

MARQUESA ¡Dale! Aquí no hay tiranía. ¿Quién fuerza su voluntad? El tirano será usted que sin viña ni olivar, y sin quererle la chica, que es lo más original, tiene empeño de llevarla militarmente al altar.

DON MIGUEL Yo no soy tan temerario. Ella me ama, y si falaz no es su labio...

MARQUESA Aquí se acerca. Ella misma nos dirá...

ESCENA VII
LA MARQUESA. DON MIGUEL. ELISA.

ELISA (Muy elegante.)
¡Ah! ¡Don Miguel!
DON MIGUEL ¿Conque es cierto?   ¿Conque ha sido usted capaz
de olvidarme?...
ELISA No, señor. Cuente usted con mi amistad...
DON MIGUEL ¿Amistad? ¡Lindo despacho cuando vengo hecho un
volcán!...
ELISA ¿No quiere usted ser mi amigo?
DON MIGUEL Yo quiero ser algo más.
ELISA ¿Marido? No puede ser: me he comprometido ya. ¿Cortejo?
Líbreme Dios, que eso es pecado mortal.
DON MIGUEL ¿Así corresponde usted a mi esperanza, a mi afán...?
ELISA Yo no he prometido nada. Lisonjas de sociedad, favores de
rigodón,   una   carta   insustancial;   todo   eso   es   galantería,
pasatiempo...
DON MIGUEL ¡Voto a san...! ¡Con qué frescura me pone   en la
garganta un dogal!
ELISA Yo creí que usted ya estaba arreglado por allá.
DON MIGUEL ¡Yo!
ELISA Y como usted no escribía... (¡Guapo está de capitán!)   Y
como usted no me habló nunca de fe conyugal... y pasan días y
días... y una tiene que pensar en una... En fin, me remito a lo que
ha dicho mamá.
MARQUESA ¿Eh? ¿Qué dice usted ahora?
DON MIGUEL Que estoy dado a Satanás; que siete veces maldigo
mi necia credulidad;   que ya no hay fe en las mujeres; que no
quiero ya tratar a ninguna; que me voy para no volver jamás...

ESCENA VIII
LA MARQUESA. ELISA. DON MIGUEL. JUANA.

JUANA Ya viene.
DON MIGUEL (Deteniéndose.) ¿Quién?
JUANA Don Remigio   con don Frutos.
DON MIGUEL ¡Mi rival!... Pues me quedo.
MARQUESA ¿Con qué fin?
DON MIGUEL Es mera curiosidad.
JUANA Le he visto desde el balcón. Ya habrá entrado en el zaguán.
MARQUESA Mire usted que está en mi casa.
DON MIGUEL Yo la sabré respetar.
MARQUESA No demos aquí un escándalo...
DON MIGUEL Ni aquí ni fuera. ¿Qué más quiere usted? Yo me
resigno..., mas quiero verle.
JUANA Aquí está.

ESCENA IX
LA MARQUESA. ELISA. DON MIGUEL. JUANA. DON FRUTOS.
DON REMIGIO.

(DON FRUTOS se presenta como señorito de lugar en día de fiesta y con notable atraso en la moda, aunque con buena ropa. La MARQUESA y ELISA se sientan en el sofá.)
DON REMIGIO (Presentando a DON FRUTOS.) Señoras...
DON MIGUEL (A la MARQUESA.) ¿Ese pazguato es el novio?
DON FRUTOS (A JUANA.) Señorita... (Queriendo abrazarla.) Dulce novia... (En voz baja a DON REMIGIO.) Más bonita me pareció en el retrato.
DON REMIGIO (Apurado.) ¡Que no es esa!
JUANA (Riéndose. También se ríe DON MIGUEL.) No soy yo.
DON FRUTOS Pues creí...
JUANA Soy la doncella.
DON FRUTOS ¿Pues cuál es mi novia?
DON REMIGIO Aquella.
MARQUESA (De mal gesto.) ¡Me ha gustado el quid pro quo!
DON REMIGIO (Al primer tapón, zurrapas.)
DON FRUTOS Me equivoqué, vive Cristo; y es que en Madrid, por lo visto, todas las mozas son guapas.
ELISA (En voz baja.) ¡Ay, mamá!
DON MIGUEL (¡Bien! Ya me vengo.)
DON FRUTOS (Fijando la vista en ELISA.)
¡Oh, que está allí...! ¡Mentecato de mí! (A DON REMIGIO.) Es el vivo retrato del retrato que yo tengo. (Acercándose.) Dios guarde a usted, doña Elisa.
ELISA Felices.
MARQUESA (¡Volada estoy!) (A JUANA que se está riendo.) Vete de aquí.
JUANA Ya me voy. (No puedo tener la risa.)

LA MARQUESA. ELISA. DON FRUTOS. DON MIGUEL. DON REMIGIO.

DON MIGUEL (Voy a pasar un buen rato.)

ELISA Esta señora es mamá.

DON FRUTOS ¡Ah!... Servidor... Como allá no llegó más que un retrato...

MARQUESA Y aun ese estaba de sobra. ¡Después de verla pintada, llamar novia a la criada! ¡Qué horror!

DON FRUTOS La misma zozobra Y..., la verdad, no esperé que en tan feliz coyuntura me esperase mi futura sentada en el canapé. Hallar pensaba a mi bella, no sé si esto es excederme, con tanta gana de verme como yo de verla a ella. Topo al colarme aquí dentro una chica de buen porte, y creo que es mi consorte la que me sale al encuentro; no reconozco el traslado, mas digo para mi pecho, ¡eh! siempre va largo trecho de lo vivo a lo pintado; en esto viene a advertirme el señor que me equivoco; pero si se tarda un poco, ¡zas! yo la abrazo, y de firme.

MIGUEL (¡Me gusta el desembarazo!)

ELISA (Pues no es tonto, aunque grosero.)

MARQUESA Esta es la novia.

DON FRUTOS ¡Ah! Sí...

MARQUESA Pero suprima usted el abrazo

DON FRUTOS Bien. Mis fines eran buenos, mas me aguanto y no me pico.

No me hará pobre ni rico un apretón más o menos.

Y abrazos del corazón, hijos de pura alegría, no se dan a sangre fría, sino así..., de sopetón.

DON REMIGIO (A la MARQUESA.)

Cosas de así... como así; mas cuando él recapacite que no estamos en Belchite...

DON FRUTOS Ya sé que estamos aquí.

(¡Vaya una familia tiesa! Pues aunque fuera yo el coco...)

DON REMIGIO (En voz baja a la MARQUESA.)

Él soltará poco a poco el pelo de la dehesa.

MARQUESA ¿No toma usted una silla?

DON FRUTOS Sí haré, si no es contra fuero que un honrado forastero tome asiento en esta villa.

(Se sienta y hacen lo mismo DON MIGUEL y DON REMIGIO.)

MARQUESA Volviendo a lo del abrazo, aquí no se mira bien   que los novios se le den antes del solemne lazo.

DON FRUTOS Si amor les hace cosquillas, aquí y allí creo yo que, si con testigos no, se abrazarán a hurtadillas. Lo primero es más honesto; mas ni así ni de otro modo en abrazar me incomodo a quien me pone ese gesto.

MARQUESA (Cedamos, que ya se amosca.) No crea usted que ella sienta...

DON FRUTOS (Con enfado.) Pues si ha de ser mi parienta que no me mire tan fosca.

MARQUESA Su modestia no permite...

DON FRUTOS Ya me carga su modestia. ¿Qué va a que tomo una bestia y doy la vuelta a Belchite? ¡Bien! Ya se ríe. Esto es algo.

ELISA ¿Qué tal el viaje?

DON FRUTOS Tal cual;   mas volqué en un pedregal y a poco no me desnalgo.

DON MIGUEL (Haciendo ascos.) (¡Me desnalgo!)

DON FRUTOS En diligencia no vuelvo a viajar.

DON REMIGIO Pues ¿cómo? ¿En carro?

DON FRUTOS En mi macho romo, que es animal de conciencia.

DON REMIGIO (Aparte a DON MIGUEL.) Se conoce que los dos simpatizan.

DON FRUTOS (Mirando a ELISA embebecido.) ¡Oh qué linda! ¡Qué boca! Es como una guinda. ¡Qué talle! ¡Válgame Dios!

ELISA Mil gracias por la lisonja.

DON FRUTOS No. ¡Qué ojuelos! ¡Oh qué fragua! La boca se me hace una agua, y el corazón una esponja.

DON MIGUEL (¡Cómo la requiebra el ganso!)

MARQUESA (Ya me tiene el alma en vilo y si no le corto el hilo)

(A DON FRUTOS levantándose, y todos hacen lo mismo.) Usté ha menester descanso...

DON FRUTOS Yo no. Al lado de una bella...

MARQUESA No obstante...

DON FRUTOS Obedezco pues.

(A ELISA.) Adiós, cordera.

(A la MARQUESA.) ¿Cuál es mi habitación?

MARQUESA (Mostrando la de la derecha.) Es aquella.

(Al volverse de pronto DON FRUTOS, derriba un velador que habrá en medio de la sala con un juego de té.)

DON FRUTOS Voy... ¡Voto al siete de bastos!

ELISA ¡Jesús!

MARQUESA ¡Mi almuerzo de china!

DON FRUTOS ¡Otra! ¿Quién, diablo, imagina   poner en medio los trastos?

DON REMIGIO Ayude usted...

(Entre DON MIGUEL y DON REMIGIO levantan el velador y lo demás.)

MARQUESA ¡Ayer mismo un dineral me costó!

DON FRUTOS ¿No fuera peor que yo me hubiera roto el bautismo? En mi tierra...

MARQUESA ¡Hombre funesto!

DON FRUTOS No sucede eso.

DON REMIGIO (A DON MIGUEL.) Ya va escampando.

DON FRUTOS Porque allá cada cosa está en su puesto. Pero, en fin, por cuatro frascos no hemos de gemir ahora. Sosiéguese usted, señora, que yo pagaré los cascos. Conque... hasta luego.

(Vase por la puerta de la derecha.)

DON REMIGIO (Aparte a la MARQUESA.) Es novicio...

MARQUESA Maldecido sea, amén. Sígale usted... Yo también; ¡no haga allí nuevo estropicio!

ESCENA XI

ELISA. DON MIGUEL.

ELISA (¡Ese novio es una fiera!)

DON MIGUEL El novio es hombre de gusto. Yo celebro como es justo...

ELISA (Enfadada.)

¡Don Miguel!...

DON MIGUEL (Remedando a DON FRUTOS.) Adiós, cordera.

ELIDA (Yerta como esa pared me ha dejado.)

DON MIGUEL ¡Ah, ah, qué risa!... Él me vengará de Elisa.

ELISA (Con despecho.)

Él me gusta más que usted.

DON MIGUEL Seréis felices los dos. Ya envidio el grato solaz...

ELISA ¿Quiere usted dejarme en paz? (Vase por la puerta de la izquierda.)

DON MIGUEL (A la puerta y se retira luego por el foro.) ¡Justo castigo de Dios!

ACTO II

ESCENA I

LA MARQUESA. ELISA.

MARQUESA Vaya, esas son niñerías, y aunque en parte las disculpo, ya tu palabra empeñaste y quebrantarla no es justo.
ELISA Pero, mamá, ¡si es un hombre de tan mal tono, tan rudo!...
MARQUESA Alguna corteza tiene, mas como de esos palurdos en dos meses de Madrid se vuelven finos y pulcros y elegantes. Por ventura, ¿es menester grande estudio para imitar a esa cáfila de galancetes insulsos que en tertulias y cafés pasan por hombres de gusto? En cuatro días se aprende con un mediano discurso la cháchara insustancial con que se lucen algunos. Mientras tanto, ¿qué hace un hombre para no soltar rebuznos? Callar, frunciendo las cejas con estudiado repulgo, y decir al que se admire de verle tan taciturno: «¡soy romántico, soy genio! Mi misión en este mundo es... ¡callar!»; y si a esto añade una contracción de músculos, y se va sin saludar retorciéndose los puños, dirán: «¡lástima de joven! Su esplín le abrirá el sepulcro. ¡Qué buenas cosas se calla! ¡Qué talento tan profundo!» Para vestir a la moda ¿qué ciencia, qué genio infuso ha menester, donde hay sastres, quien cuenta miles de duros? Para abonarse en la ópera y, según viene el impulso, chichear la cavatina o dar aplausos al dúo, no es preciso conocer las reglas del contrapunto; ni otra cosa se requiere que tener dinero y mucho para jugar tres albures el que no truena al segundo. Así se suelen formar los petimetres al uso, y más de cuatro tal vez entre los de alto coturno en eso de letras gordas dan quince y falta a don Frutos.
ELISA ¡Oh! Tú dirás lo que quieras, pero esos modales rústicos no se olvidan fácilmente; ni después de cinco lustros muda de hábitos un hombre que se halla bien con los suyos. Tú viste cuál se anunció desde su primer saludo. Tú viste...
MARQUESA Dices muy bien; necio y aturdido estuvo; pero es achaque de novios. ¿Quién no paga ese tributo? Yo me enfadé más que tú, porque tengo malos humos; mas considerando luego que, si es mazacote y brusco, ni entendimiento le falta, ni tiene el alma de estuco; recordando la postrera voluntad de mi difunto, y mirando

en fin la cosa con madurez y con pulso, veo que fuera bobada renunciar por tus escrúpulos al acaudalado yerno que me sacará de apuros.

ELISA No eres tú la amenazada de sujetarte a su yugo, mamá; que si fuera así tomarían otro rumbo tus reflexiones!

MARQUESA ¿Acaso no es buen mozo, blanco, rubio...?

ELISA Sí, su figura me agrada, mas dirán que es un absurdo...

MARQUESA Simplecilla, no te cuides de lo que murmure el vulgo. Tú te casas para ti, no para él; y, por último, ¿quién repara ya en maridos? Todos vienen a ser unos. Las mujeres dan el tono con sus gracias y su lujo. ¿Qué hacen ellos en un baile, por ejemplo? Como búhos se van todos agrupando en el rincón más oscuro de la sala. Allí reparten los dominios del gran turco, y en un dos por tres revuelven el Tajo con el Danubio; o en el tresillo engolfados disputan como energúmenos sobre si echaste la mala debiendo rendir el punto...; y no sabe alguno de ellos que mientras cuenta los triunfos, un galán le da codillo y su esposa hace renuncio.

ELISA Pero, mamá...

MARQUESA Calla, chica, que ya sale tu futuro.

ESCENA II

LA MARQUESA. ELISA. DON REMIGIO.

MARQUESA ¿No viene el aragonés?
DON REMIGIO Tardará pocos instantes. Se está calzando los guantes...
ELISA ¡Qué! ¿Se los pone en los pies?
DON REMIGIO He usado de una figura retórica.
MARQUESA ¿Está buen mozo?
DON REMIGIO ¡Oh! Sí, señora; da gozo; sólo que el pobre se apura...
MARQUESA Él vestía tan holgado...
DON REMIGIO Pues, y al que no está hecho a bragas las costuras le hacen llagas. Pues todo le está pintado. Un buen sastre y mucha plata... Yo le he dado, por supuesto, instrucciones y le he puesto por mis manos la corbata. Por poco que yo le exhorte y por poco que él me imite, ese roble de Belchite se aclimatará en la Corte. Sí, le puliremos pronto, que, aunque él tiene, y lo confiesa, el pelo de la dehesa, no tiene pelo de tonto. Si le mira con desdén Elisa, a fe que le ultraja.
ELISA ¿De veras?
DON REMIGIO Es una alhaja. Doy a usted mi parabién.
MARQUESA Pero esos guantes, ¡señor!...
DON REMIGIO Ya me van dando cuidado. Voy a ver...
ELISA No le habrá dado don Remigio el calzador.

ESCENA III

LA MARQUESA. ELISA. DON REMIGIO. DON FRUTOS.

(DON FRUTOS se presenta vestido de rigorosa moda, muy tieso de cuello y de cintura, pero andando con dificultad como si le apretasen las botas. Trae puestos los dos guantes y uno de ellos roto.)
DON FRUTOS (Yo creía que en un mes no me entraban...)
ELISA (A su madre en voz baja.)
¡Ay, qué tieso!
DON FRUTOS (Haciendo un gesto y dando con el pie en el suelo como para que acabe de entrar la bota.) ¡Por vida...! Señoras, beso a ustedes los cuatro pies.
MARQUESA ¿Cómo cuatro pies!
DON FRUTOS La cuenta no marra. Dos y dos...
MARQUESA Ya.
DON FRUTOS ¡Pues ya! Los dos de mamá y los dos de mi parienta.
DON REMIGIO (Ya se enmienda el Ganimedes.)
DON FRUTOS Me ha dicho este caballero que es saludo muy grosero el decir: Dios guarde a ustedes; y que en Madrid a estas horas, como pueblo más cortés, se estila besar los pies verbalmente a las señoras. Para hacerlo con más gala, yo al besar los he contado, y más hubiera besado si más hubiera en la sala ¡Maldita sea la bota! Estoy viendo las estrellas.
DON REMIGIO ¡Si son tan suaves...! Con ellas bailara yo la gavota.
DON FRUTOS No las llevo yo ni un día. ¡Qué martirio tan cruel!
DON REMIGIO Ya dará de sí la piel.
DON FRUTOS Sí, ¡destrozando la mía!
DON REMIGIO En Madrid los elegantes no calzan lo que su pie. Un puntito menos...
DON FRUTOS ¿Eh?
DON REMIGIO Es de rigor.
DON FRUTOS ¿Y los guantes? Antes los veo deshechos que puestos, y si aun a gusto dan guerra a un hombre robusto, ¿qué será viniendo estrechos?
ELISA Guante estrecho es muy señor.
DON FRUTOS (Mostrando el guante.) ¿Aunque se haga este rasguño?
ELISA Si con él se cierra el puño, mal guante.

DON REMIGIO Sí; es de rigor.

DON FRUTOS De oír a ustedes me chafo y de ver que estos enredos me engarabatan los dedos como si estuviera gafo.¡Y esta invención de trabillas...! ¿Y el corbatín? ¿Quién lo aguanta? Ataruga la garganta y en la oreja hace cosquillas. Pues ¿y el fraque? Esto es peor. ¿Quién se lo abrocha en un lance? No hay forma de que me alcance...

DON REMIGIO No se abrocha. Es de rigor.

DON FRUTOS ¿Si creerán los oficiales de sastre que tengo gonces? ¡No se abrocha! Pues entonces, ¿de qué sirven los ojales? - Mas de tantas perfecciones la que más me maravilla es la especie de cotilla que me oprime los riñones.

DON REMIGIO (A la MARQUESA.) Es una faja de goma elástica para que entre en razón su enorme vientre, porque si no se le doma...

DON FRUTOS Pero, hombre, ¡por san Melchor!... tener barriga ¿es delito?

DON REMIGIO Aquí todo señorito la suprime. Es de rigor.

DON FRUTOS (Remedando a DON REMIGIO.) Es de rigor... (Enfadado.) ¡Tío Calores!, ¿Sabe usted que ya me voy enfurruñando y que doy al diablo tantos rigores?

DON REMIGIO No lo tome usted a mal.

MARQUESA Son lecciones de buen tono.

DON FRUTOS Si quiere volverme mono, se engaña, ¡cuerpo de tal! Hoy me pongo estos arreos porque usted los mandó hacer...

MARQUESA Sí.

DON FRUTOS Y a ninguna mujer

MARQUESA (¡Huy! ¡Mujer!)

DON FRUTOS Hago yo feos; mas determinado estoy con propósito muy firme a calzarme y a vestirme a medida de quien soy. Y si aquí no puedo hallar sastre que entienda mi porte, vendrá a vestirme en la corte el sastre de mi lugar; que yo gusto de estar horro, y no dar tormento al bazo, y mover el pie y el brazo sin necesitar socorro

ELISA (¡Ah!)

MARQUESA Bien; si a usted le molesta...

DON FRUTOS Levita y fraque, en buen hora. También por allá, señora, se usan el día de fiesta.

ELISA (Con sobresalto.) Y en los días de trabajo ¿qué usaba usted?

DON FRUTOS Aunque charra, una peluda zamarra cuando hace frío me encajo, y en verano, amada Elisa, chaquetilla de mahón; mas si aprieta la estación ando en mangas de camisa.

ELISA (¡Ay de mí!)

DON FRUTOS Todo muy ancho, que para andar por los cerros con la escopeta y los perros, y el tío Roña y el tío Francho...

ELISA ¡Ay, qué nombres! ¡El tío Roña!...

DON FRUTOS Allí todos tienen mote: tío Tozuelo, tío Perote, tía Lechuza, tía Ponzoña... Yo vivo allí sin empacho y mido por un rasero al hidalgo y al pechero, al leñador y al ricacho. Otros con menos caudal desdeñan a los Perotes, que hay también allí quijotes como en esta capital; mas sólo mi grande abasto se sabe allá por el brío con que gasto lo que es mío..., y doy más de lo que gasto.

DON REMIGIO (Aparte con ELISA.) ¡Es filósofo!

ELISA Y buen hombre. ¡Eso sí!

DON FRUTOS Cuando me junto con alguien, no le pregunto su apellido ni su nombre; que sea honrado me basta. Quizá cuanto más antigua con menos fe se atestigua la pureza de una casta. ¿Quién será el santo varón que diga con juramento: veinticinco abuelos cuento y ninguno fue ladrón! No pongo en este capítulo a ustedes, ni me desdeño de llamar mi dulce dueño a la heredera de un título. En su última enfermedad mi padre me lo mandó, y, aun difunto, quiero yo que se haga su voluntad; y cuando tan linda es la que me hace tanto honor, bien puedo yo, pecador, resignarme a ser marqués.

ELISA (Aparte a la MARQUESA.) ¿Oyes, mamá? ¡Se resigna!

MARQUESA (En voz baja.) ¡Eh! No lo tomes a ultraje. No está ducho en el lenguaje... Sé tolerante y benigna.
(A DON FRUTOS.) Sin perjuicio de lo humano y lo afable, yo confío que en la corte, yerno mío, sabrá usted ser cortesano.

DON FRUTOS Veremos; haré un esfuerzo... Quiero dar gusto a mi maja. Pero me prensa esta faja... No digeriré el almuerzo. Aunque a Belchite no olvido, daré honor al marquesado. Lo propio para un fregado soy yo que para un barrido, porque... ¡El diantre de la bota...! Muy primorosa, muy bella, mas para jugar con ella un partido de pelota...

DON REMIGIO ¡Hola! Usted será muy diestro...

DON FRUTOS ¡Oh, mucho! A largo y a ple; de todas maneras sé; y no he tenido maestro. Pues ¡correr...! Nadie me agarra. Pues

¡saltar... En cada brinco de cuatro varas a cinco. Pues ¿y tirar a la barra? Tengo yo una fuerza atroz.
ELISA (¡Ay Virgen de la Almudena!)
DON FRUTOS Cargué un día en Cariñena cuatro quintales de arroz.

ESCENA IV

LA MARQUESA. ELISA DON FRUTOS. DON REMIGIO JUANA.

JUANA La condesa del Ejido.
MARQUESA Que entre...
JUANA Ya está en el estrado. 330
MARQUESA Voy corriendo...
JUANA Ha preguntado si había el huésped venido.
MARQUESA (En voz baja.) ¿Qué has dicho?
JUANA Que irá al instante.
MARQUESA ¡Todo lo hacéis al revés! (Pero si ha de ser después...)
Allá vamos.
JUANA (Mirando a DON FRUTOS.) (¡Qué elegante!)

ESCENA V

LA MARQUESA. ELISA. DON FRUTOS. DON REMIGIO. JUANA.

MARQUESA (A DON FRUTOS.)
Venga usted. Elisa, ven.
DON FRUTOS ¿Visita?
MARQUESA Sí.
DON REMIGIO (Dios enfrene su lengua.)
MARQUESA Mi prima viene a darnos el parabién.
DON FRUTOS ¡Corriente! Vamos allá... (En voz baja a DON
FRUTOS.) Hombre..., el brazo a la señora!
DON FRUTOS ¡Ah! Sí, sí. Tómale, aurora.
(Se lo ofrece a ELISA.)
ELISA Désele usted a mamá.

ESCENA VI

LA MARQUESA. DON FRUTOS. DON REMIGIO.

MARQUESA (Tomando el brazo de DON FRUTOS.) Venga.
DON FRUTOS (He de ser su pariente, y no me dejan ahora...)
DON REMIGIO Usted, por lo visto, ignora la legislación vigente...
DON FRUTOS Pero, señor, ¿qué mas da...?
MARQUESA Mientras otra ley no rija, no se da el brazo a la hija si
hay de por medio mamá.
DON FRUTOS Está muy bien, mamá mía. Usted disponga de mí...
(Poniéndose la mano en el estómago.) (Ya se me ha sentado aquí...
¡y no es suegra todavía!)

ESCENA VII

DON REMIGIO.

¡Vaya, que es original
el mocito aragonés!
Y no es hombre que se mama
el dedo, que sabe bien
dónde le aprieta el zapato,
como el otro montañés.
¡Ya tiene alma...! Harto será
que hagamos carrera de él.
Y si ahora tasca el freno,
¿qué hará el amigo después?
Mucho me temo... Pero ella
lo quieren, y siempre fue
mi sistema favorito
dejar el mundo correr,
no indisponerme con nadie
y decir a todo amén.
Voy ahora a hacer la corte
a esas damas...

ESCENA VIII

DON REMIGIO. DON MIGUEL.

DON MIGUEL ¡Oiga usted! Tenemos que hablar.
DON REMIGIO Con mucho gusto, señor don Miguel.
DON MIGUEL ¿Se casa por fin Elisa con ese novio soez?
DON REMIGIO Creo q e sí. Su fortuna es hoy la misma que ayer; colosal, y la Marquesa no querrá soltar el pez.
DON MIGUEL Mas ¿qué dice Elisa? Creo que es del mismo parecer.
DON MIGUEL ¿Sí?
DON REMIGIO No simpatiza mucho con el rústico doncel, pero andando el tiempo espera domesticarle tal vez, y en tanto con doce mil duritos de renta... ¡Pues!
DON MIGUEL ¡Pues!
DON REMIGIO Y, bien considerado, la boda es igual.
DON MIGUEL ¿Por qué?
DON REMIGIO Ella, esposa de don Frutos, puede vivir con el tren correspondiente a su clase; tomándola por mujer, él, como dijo no ha mucho, se resigna a ser marqués; él lleva en arras el oro y la novia el oropel.
DON MIGUEL ¿Conque aprueba usted la boda?
DON REMIGIO ¡Vaya si la apruebo! Cien y cien veces...
DON MIGUEL Pues yo digo que es boda de Lucifer.
DON REMIGIO ¿Cómo?... ¡Usted!...
DON MIGUEL Y el que la apruebe 405 debe andar en cuatro pies.
DON REMIGIO (Me hace temblar.) Con efecto..., puede haber razones...
DON MIGUEL ¿Eh?
DON REMIGIO No hay que enfadarse. Mi voto no tiene fuerza de ley. Convénzame usted. Soy hombre que me dejo convencer.
DON MIGUEL ¡Voto a briós!...
DON REMIGIO Yo no creí que usted tuviese interés en probarme lo contrario.
DON MIGUEL ¡Voto a...! ¿No lo he de tener, si soy amante de Elisa?
DON REMIGIO ¿De veras? ¡Oh!... Ya se ve, como usted ha estado ausente, yo ignoraba... ¡Vaya! ¿Quién ha de aprobar que aquel bárbaro sea preferido a usted?
DON MIGUEL ¡Y la ingrata le prefiere!
DON REMIGIO (Enternecido.) ¡Calle usted! Eso es cruel.

DON MIGUEL Mas la culpada no es ella.

DON REMIGIO Así lo creo también.

DON MIGUEL Sino su madre...

DON REMIGIO ¡Oh! ¡Las madres...!

DON MIGUEL Y usted.

DON REMIGIO ¿Yo?

DON MIGUEL Sí; yo lo sé.

DON REMIGIO Pero...

DON MIGUEL Usted es el factotum de esta casa.

DON REMIGIO ¿Qué he de ser, pobre de mí!...

DON MIGUEL Si esa falsa me ha mirado con desdén, si se casa con don Frutos a usted debo esa merced.

DON REMIGIO ¡Hombre! Yo...

DON MIGUEL Usted aplaudía la boda, no ha mucho.

DON REMIGIO Bien, no lo niego; pero yo hablaba de buena fe...

DON MIGUEL Yo exijo que desde ahora proceda usted al revés.

DON REMIGIO Pues digo que es execrable.

DON MIGUEL No me basta. Es menester decírselo a la Marquesa, a su hija, al novio; a los tres.

DON REMIGIO Pero ¡por Cristo!... ¡Si ya les he dado el parabién! ¿Cómo gobernarme ahora?... ¡Usted me quiere perder!

DON MIGUEL De consejo muda el sabio.

DON REMIGIO ¿Cómo hago yo ese entremés?...

DON MIGUEL Un parásito es histrión que hace cualquiera papel.

DON REMIGIO Veremos, pero...

DON MIGUEL No hay pero que valga. Un buen alfiler
de brillantes si usted logra que se deshaga el pastel; mas si esa boda ridícula se efectúa...

DON REMIGIO (¡Ay san Ginés!) Yo.

DON MIGUEL Tenga usted entendido que pagará con la piel.

DON REMIGIO ¡Qué atrocidad! ¿Soy yo el cura? ¿Soy yo el novio somatén?

DON MIGUEL Todo se andará. Primero que me vea yo con él, procuremos arreglar la cosa de bien a bien.

DON REMIGIO (¡De bien a bien, y me quiere matar!)

DON MIGUEL Me vuelvo al café que si veo a esa traidora no me podré contener. Conque, lo dicho, compadre. A la tarde volveré...

DON REMIGIO Bien, yo aguzaré el ingenio, yo pondré pies en pared...

DON MIGUEL O me caso con Elisa, o nos batiremos.

DON REMIGIO ¿Qué? Yo no me bato con nadie. Tengo respeto... a la ley.

DON MIGUEL Pues si usted no acepta el duelo y Elisa me deja a pie, le corto a usted las orejas como dos y una son tres.

ESCENA IX

DON REMIGIO.
¡Jesús, qué demonio!... Estoy por dar parte al coronel... Vuelve Elisa.
Si pudiera disuadirla... Probaré.

ESCENA X

ELISA. DON REMIGIO.

ELISA ¡Ay, don Remigio de mi alma!
DON REMIGIO ¿Qué tiene usted, criatura, que viene tan afligida? ¿Ha hecho alguna de las suyas el aragonés?
ELISA ¡Ah, qué hombre! ¡Dios mío! No podré nunca acostumbrarme a su trato. Yo me vengo aquí confusa, avergonzada. Mamá se fatiga en vano, suda para atajar el torrente de sandeces y tontunas con que el bueno de don Frutos cual Dios le crió se anuncia. Mi tía, que es tan satírica y de un entierro se burla, le da cuerda y nos dispara un dardo en cada pregunta.
DON REMIGIO Mas ¿qué hace el novio? ¿Qué dice?...
ELISA ¡Ay Dios, qué caricatura! Ni un momento está parado. Ya se empina y gesticula porque las botas le aprietan o le duele la cintura; ahora el corbatín se afloja y el lazo queda en la nuca parecen devanaderas las piernas, según las cruza; braceando sin descanso en la silla se columpia; le dicen un cumplimiento, y él endereza una pulla; y, para colmo de gracias, saca una bolsa de nutria, la deslía, toma un puro, enciende un fósforo ¡y fuma!
DON REMIGIO ¡Horror!
ELISA Y no sabe hablar más que del campo y la lluvia, y las crecidas del Ebro, y la feria de la Almunia, y los jornales que paga, y los perros que le aúllan.
DON REMIGIO ¡Oh!
ELISA La condesa le brinda con su escogida tertulia, y él habla de su bodega con ciento y ochenta cubas; observa que es verde oscuro un lienzo de la pintura, recuerda sus olivares, y dice: se heló la fruta, pero hogaño es asombrosa la cosecha de aceituna; toma por fin un periódico y leyendo en sus columnas: «la cámara de los pares...» interrumpe la lectura y exclama: ¿qué harán ahora mis doce pares de mulas?
DON REMIGIO Vamos, nada hay que esperar de aquella materia bruta. Vuélvase por donde vino. ¿Qué importa su gran fortuna si la ha de comprar usted con lágrimas de amargura?
ELISA ¿Es posible...? Pues no ha mucho que aplaudía usted con suma satisfacción nuestra boda.
DON REMIGIO Ahora me parece absurda. Las torpezas que yo vi, aunque a la verdad son muchas, para un novio lugareño eran

peccata minuta, mas lo que usted me ha contado me horroriza, me
espeluzna.
ELISA Con todo, puede que el tiempo...
DON REMIGIO No hay que cansarse. Es muy dura aquella testa.
¡Qué acémila! Por milagro no rebuzna.
ELISA ¡Poco a poco, don Remigio
Él no es lerdo. Usted le insulta.
DON REMIGIO Señora, yo...
ELISA Tiene prendas muy laudables.
DON REMIGIO Sin disputa, pero...
ELISA Puede ser mi esposo, y quien le injuria, me injuria.
DON REMIGIO Como no lo es todavía,
y deseo la ventura de usted... (Hoy en nada acierto.) no sabe usted
las angustias que yo paso para... En fin, yo juzgo lo que usted juzga,
quiero lo que quiere usted, sufriré lo que usted sufra, y cuando
usted me consulte porque tenga alguna duda, consultaré con usted
la respuesta a la consulta.

ESCENA XI

LA MARQUESA. DON FRUTOS. ELISA. DON REMIGIO.

DON FRUTOS (A ELISA.)
¡Ah, que estás aquí!... Perdona,
mi vida, si te tuteo,
que mi cariño lo abona.
¡Qué gallarda y guapetona!
Me embobo cuando te veo.
¿Cuándo la boda será?
Sólo de pensarlo, ya
toda el alma se me alegra,
y estoy... Marquesa mamá,
sea usted pronto mi suegra.
ELISA (¡Ay cielo!)
DON FRUTOS Sin aparatos.
Cuanto menos embolismo,
mejor. Haya buenos platos,
y luego...
MARQUESA Mañana mismo se firmarán los contratos.
DON FRUTOS ¡Mañana!
DON REMIGIO (¡Triste de mí!)
DON FRUTOS Jamás igual regocijo en mi corazón sentí. La amaré a
usted como un hijo.
(A ELISA)
y como un esclavo a ti.
ELISA (¿Qué oigo!)
DON FRUTOS Serás mi regalo, mi delicia.
DON REMIGIO (Esto va malo.)
ELISA (Aparte con DON REMIGIO.) ¿Oye usted esos extremos?
DON REMIGIO Es que ahora le cogemos en un lúcido intervalo.
DON FRUTOS Tú vivirás satisfecha.
Mis ganados, mi cosecha,
mis haciendas, mi dinero;
todo es para ti, lucero,
desde la cruz a la fecha.
Es tosca mi educación
para aspirar a tal moza;
yo te hago esta confesión;

pero tengo un corazón
como de aquí a Zaragoza.
Él encontrará camino
de agradar a mi mujer.
Para amar con desatino
no creo que es menester
que uno sea lechuguino.
En lo que yo no esté ducho
corrige tú mis maneras.
Verás qué dócil te escucho.
Tú harás de mí lo que quieras...
siempre que me quieras mucho.
Así con igual placer,
luego que al pie del altar
me digas: soy tu mujer,
tú me enseñarás a hablar;
yo te enseñaré a querer.
MARQUESA ¡Bien, don Frutos!
ELISA (¡Qué sorpresa! De haberle ajado me pesa.)
MARQUESA (Aparte a ELISA.) Vaya, responde. ¿No puedes?
ELISA (En alta voz.) Yo...

ESCENA XII

LA MARQUESA. ELISA. DON FRUTOS. DON REMIGIO. JUANA.

JUANA Cuando gusten ustedes...
Ya está la sopa en la mesa.

LA MARQUESA. ELISA. DON FRUTOS. DON REMIGIO.

DON FRUTOS (Ofreciendo el brazo a la MARQUESA.) Haremos los dos un lazo...
MARQUESA (Tomando el brazo de DON FRUTOS.) Gracias.
DON FRUTOS (¡Vaya una pandorga!...) (A ELISA.) Conque... ¿me querrás muchazo?
MARQUESA Ya ve usted, quien calla otorga.
ELISA (Mirando a DON FRUTOS con ternura.) Deme usted el otro brazo. (Vanse por la izquierda del foro.)

DON REMIGIO. ¡Oh miedo!, ¿qué me aconsejas? Mientras la niña se humana vendrá el otro a darme quejas... ¡Pobre Remigio! Mañana amaneces sin orejas.
(Sigue a los novios y a la MARQUESA.)

ACTO III

ESCENA I

DON FRUTOS. DON REMIGIO.

(Está anocheciendo. Vienen DON FRUTOS y DON REMIGIO por la izquierda del foro.)
DON REMIGIO ¡Soberbia comida!
DON FRUTOS Sí, pero, sin tanto primor, a mí me daba más gusto mi cocina de Aragón.
DON REMIGIO Tiempo hace que no he bebido mejor vino de Bordeaux... (Mudando de tono como para hacerse comprender.) Burdeos.
DON FRUTOS Me importa poco el nombre de ese señor, porque me sabe muy mal en francés y en español.
DON REMIGIO Hombre, un Burdeos legítimo... ¡y de Lafitte! ¡Un licor europeo!
DON FRUTOS Y yo ¿qué tengo que ver con Europa? Soy de Belchite. Y contra el mismo patriarca Noé, inventor de la vendimia, sostengo que es vino de munición ese que usted me pondera; que agriáspero de sabor, ni me calienta el estómago ni me alegra el corazón, y, en fin, que para vinagre lo he vendido yo mejor.
DON REMIGIO No dudo...
DON FRUTOS Donde está el vino de Belchite...
DON REMIGIO Ya me doy por vencido.
DON FRUTOS ¿Y la garnacha de Cariñena, Aguarón, Longares, Cosuenda... ¡Aquello, aquello es gracia de Dios!
DON REMIGIO No se estilan esos vinos en las mesas comm' il faut; pero siendo usted de casa, ha cometido un error la Marquesa en no obsequiarle con una botella o dos de Cariñena.
DON FRUTOS ¡Es mi suegra! Y, por Cristo, que ya estoy apestado de ella. ¡Vaya, que es mucha persecución! ¡No permitir que me siente, ni en la mesa, junto al sol de mis ojos...! ¡Y qué empeño de darme en todo lección! Toda la comida ha estado quemándome a media voz. Quítese usted del ojal la servilleta. ¡Qué horror! Pues ¿dónde la pongo? Suelta, encima del pantalón. ¡Vaya! ¿Qué hace usted? La sopa se come con tenedor.
DON REMIGIO (Entre dientes.) Eran rabioles.
DON FRUTOS Y mucho que he rabiado.

43/95

DON REMIGIO (¡Es hombre atroz!)

DON FRUTOS Y despúes me hizo comer con la cuchara el melón, y servirme la ensalada... ¡con tijeras! ¡Voto a briós!...

DON REMIGIO Muy mal hecho. Ella ha debido tratarle a usted sans façon.

DON FRUTOS ¡Vaya, que en Madrid es obra el ser uno hombre de pro!

DON REMIGIO Sí, ya raya en tiranía moler con tanto sermón
a un hombre que tiene barbas y entre malvas no nació.

DON FRUTOS ¿Sí? Pues aplíquese usted ese texto desde hoy. No pida peras al olmo, y deje a cada varón que haga de su capa un sayo. ¡No más figurines!

DON REMIGIO ¡Oh! Perdone usted. Yo creí que una mano de charol, digámoslo así, daría más realce y esplendor a esas formas elegantes y a esa innata discreción...

DON FRUTOS ¡Eh! Menos lagoterías, que yo no gusto...

DON REMIGIO A eso voy. Mas viendo que usted no tiene decidida vocación al frívolo formulario del gran tono, dije yo: ¿no es un cargo de conciencia violentar la inclinación de ese apreciable mancebo? Sí; que, como dijo Humboldt, suele a fuerza de cultivo perder su aroma la flor.

DON FRUTOS Pues corriente.

DON REMIGIO Y... ¿quiere usted que le diga, acá ínter nos, lo que siento?

DON FRUTOS Norabuena.

DON REMIGIO (¡Si él hiciese dimisión...!) Pues a usted no le conviene tal boda.

DON FRUTOS ¿Cómo que no?

DON REMIGIO Elisa es bella...

DON FRUTOS ¡Otra! ¡Miren qué pedrada!

DON REMIGIO Mas no estoy, si he de decir la verdad, muy seguro de su amor.

DON FRUTOS Yo sí, que ya, con su boca de almíbar me lo juró.

DON REMIGIO No obstante, la diferencia de gustos, de educación...

DON FRUTOS ¡Eh! Ya nos gobernaremos. ¿Soy yo algún tigre feroz?

DON REMIGIO Ni es todo lo que reluce oro a prueba de crisol.

DON FRUTOS No puede mentir un ángel.

DON REMIGIO De una mala tentación ni los ángeles se libran. ¡Dígalo aquel que cayó!

DON FRUTOS ¡Dale! ¡Si yo...!

DON REMIGIO El interés, la codicia...

DON FRUTOS (¡Qué moscón!)

DON REMIGIO ¡Ay, don Frutos! ¿Y esa madre? Ya empieza a meter la hoz en mies ajena...

DON FRUTOS ¿Qué importa? Yo la haré entrar en razón.

DON REMIGIO [Tan imperiosa, tan vana...

Ya me daba a mí rubor...

DON FRUTOS ¡Oh!...]

DON REMIGIO Créame usted, don Frutos Sin esperar al convoy, vuélvase usted a Belchite. Aquí hay confabulación entre hija y madre...

DON FRUTOS En la madre cébese usted sin temor, mas no hay que clavar el diente en la hija, o ¡vive Dios!...

DON REMIGIO ¡Oh! No se sofoque usted. Yo lo decía... (¡Una coz! Era de esperar.)

DON FRUTOS No aguanto...

DON REMIGIO ¡Si era una suposición...! Como le he cobrado a usted tanto cariño... (No doy, un cuarto por mis orejas.)

DON FRUTOS ¡Por vida de Juslivol!...

DON REMIGIO Vamos, vamos, me arrepiento; me desdigo; se acabó.

ESCENA II

DON FRUTOS. DON REMIGIO. JUANA.

JUANA (En una mano trae luces, que deja sobre una mesa, y en la otra un papel.) Felices noches.
DON FRUTOS Bendito y alabado...
DON REMIGIO ¿Qué nos traes?
JUANA Este papel que me han dado para el señor a ver?
DON FRUTOS Dame. (Toma el papel y lo lee para sí.)
JUANA El mancebo portador espera respuesta.
DON FRUTOS ¡Zape!
¡Esta es otra! Paño, hechura, forro et caetera de un fraque, setecientos. Pantalón...
DON REMIGIO Ya, ya... La cuenta del sastre.
DON FRUTOS ¡La cuenta a mí! ¿Para qué?
DON REMIGIO Sí, para que usted la pague.
DON FRUTOS ¿Ahora salimos con esto? Pues hombre, así Dios me salve, yo pensé que era un regalo le mi suegra este atalaje.
DON REMIGIO Ya ve usted que no. Presumo que para más adelante reserva...
DON FRUTOS Pues de ese modo yo visto a cualquiera. ¡El diantre de la mujer!... Yo sufría con resignación la cárcel en que ha metido mis miembros mientras creí que era gratis; pero ¡dar dinero encima...!
DON REMIGIO (En voz baja.)
¡Calle usted! Eso es infame.
DON FRUTOS Pues, señor, la pagaré, que no quiero que me tachen de cicatero. (Leyendo.) Total, cuatro mil doscientos reales. Pero una y no más. ¡Canario...!
(A JUANA.)
Díselo así de mi parte.
JUANA Siempre ha sido una fineza prevenir el equipaje...
DON FRUTOS Yo no soy aficionado a finezas semejantes.
¡Digo a usted que es corcho!... Espera. ¡Por vida del rey don Jaime!...
(Entra en su cuarto.)

ESCENA III

DON REMIGIO. JUANA.

JUANA ¡Vaya, pues tiene buen modo de agradecer que se afanen por vestirle a lo marqués! ¿Querrá también...?
DON REMIGIO Es un cafre, y sí da la mano a Elisa, la va a matar a pesares.
JUANA Eso es lo que yo la digo.
DON REMIGIO Sí; es preciso que trabajes para disuadirla... (El miedo me fuerza a ser intrigante.)
JUANA Ya se ve, ¿no es una lástima...?
DON REMIGIO Un horror.
JUANA ¿Cuánto más vale don Miguel...?
DON REMIGIO ¡Oh! Don Miguel... (¡Maldito sea!) Es un ángel. Si entre los dos conseguimos que a Calamocha desbanque...

DON FRUTOS. DON REMIGIO. JUANA.

DON FRUTOS (Dando a JUANA monedas de oro.) Toma. Aquí sobra un doblón.
JUANA Volveré con lo sobrante...
DON FRUTOS No. Para ti.
JUANA Gracias. (Ya me parece más amable.)
DON FRUTOS Novia te llamé... y no quiero que lo hayas sido de balde.
JUANA (Yéndose.)
(Pues, señor, ¡viva Belchite! y a don Miguel, Dios le ampare.)

ESCENA V

DON FRUTOS. DON REMIGIO.

DON FRUTOS Y, a todo esto, ¿por dónde andan mi novia y su linda madre?
DON REMIGIO Se fueron al tocador.
DON FRUTOS Hombre, ¿a qué?
DON REMIGIO A vestirse.
DON FRUTOS ¡Calle! Pues ¿no estaban ya vestidas?
DON REMIGIO ¡Oh! Sí, pero ¿usted no sabe que vamos luego a la ópera, y a la tertulia más tarde? Cada acto de estos requiere su correspondiente traje.
DON FRUTOS ¡Otra! ¡Pues no es mal trajín...! ¿Y dónde hay caudal que baste?...
DON REMIGIO Así lo exige la culta sociedad.
DON FRUTOS ¡Virgen del Carmen!
DON REMIGIO Aquí se pasa la vida en vestirse y desnudarse.
DON FRUTOS ¡Muy bien! ¿Y qué viene a ser eso de... ópera?
DON REMIGIO (¡Ignorante!) Drama lírico; una fiesta de teatro.
DON FRUTOS ¡Ah! Que me place. ¿Y qué comedia echan hoy?
DON REMIGIO No es comedia. I Puritani de Bellini.
DON FRUTOS ¡Que no echaran El Mágico Bayalarde...! Es la única que yo he visto, pero, ¡ca!, ¡cosa más grande...!
DON REMIGIO Todo es música esta noche.
DON FRUTOS ¿Música? Bien, como canten la jota...
DON REMIGIO (¡La jota!) Yo sería de ese dictamen, pero...
(Asoma la MARQUESA por el foro.)
DON FRUTOS Aquí está la Marquesa. (A media voz.) Le voy a decir verdades como puños.
DON REMIGIO ¿Sí? Me alegro.
DON FRUTOS Yo no sufro ancas de nadie.

ESCENA VI

LA MARQUESA. DON FRUTOS. DON REMIGIO.

DON FRUTOS Escúcheme usted con calma, mi amada suegra y señora, que voy a decirle ahora cuatro cositas... ¡al alma!
MARQUESA Diga usted, querido yerno.
DON FRUTOS A mí nadie me maneja, nadie me moja la oreja: sírvale a usted de gobierno.
MARQUESA Pero...
DON FRUTOS Dicen en mi tierra...
MARQUESA ¿Qué?
DON FRUTOS Lo que no has de comer...
MARQUESA Ya, sí.
DON FRUTOS Déjalo cocer.
MARQUESA (Los síntomas son de guerra.) Pero ¿a qué viene...?
DON FRUTOS Muy justo sería, si algún alcalde me vistiera a mí de balde, que me vistiera a su gusto; pero, pagando mi ropa, y en cantidad tan enorme, no me pongan uniforme como si fuera de tropa.
MARQUESA Porque usted se presentase a la boda con más brillo...
DON FRUTOS Nadie manda en mi bolsillo, cáseme yo o no me case.
MARQUESA Nunca han sido mis intentos...
DON FRUTOS Basta. Agradezco el abrigo; no piense usted que lo digo por los cuatro mil doscientos. Vista como quiera Elisa, vista usted como le cuadre, mas ni Elisa ni su madre se metan en mi camisa. Triunfen, gasten; no me espanto; cuanto tengo es de las dos; mas no se empeñen, por Dios, en civilizarme tanto. Dejen a un hombre sencillo, que, al cabo, no es una fiera, manejar a su manera el tenedor y el cuchillo. No me mire usté al soslayo. Quiero que el amor me mande... y no una suegra. Soy grande y ya he despedido el ayo.
MARQUESA ¡Qué escucho! ¡Usted me anticipa el despotismo de yerno! ¡No lo es aún, Dios eterno, y gallea, y se emancipa!
DON FRUTOS Sepa usted...
DON REMIGIO (Aparte a la MARQUESA.)¡Firmeza! ¡Así!
DON FRUTOS Y ha de saber mi consorte
que aunque yo he entrado en la corte, la corte no ha entrado en mí.

DON REMIGIO (Aparte a DON FRUTOS.) ¡Bien dicho! No hay que ceder. (Aparte a la MARQUESA.) No quiere soltar, Marquesa, el pelo de la dehesa.

MARQUESA (A DON FRUTOS.) Pues, amigo, es menester...

DON FRUTOS Sí, es menester que se tome un partido. El más seguro será...

DON REMIGIO (Aparte a DON FRUTOS.) ¡Firme en ella! (Aparte a la MARQUESA.) ¡Duro! Si cede usted, se la come.

MARQUESA (Alzando la voz.) ¿Qué partido? ¿A ver?

DON FRUTOS No grite, señora.

DON REMIGIO (Aparte a la MARQUESA.) Sí tal.

DON FRUTOS Casarme...

DON REMIGIO (Aparte a DON FRUTOS.) Hace usted mal.

DON FRUTOS Y largarme con mi mujer a Belchite. ¿Cómo...?

DON REMIGIO (Aparte a DON FRUTOS.) ¡Bien!¡Bien!

DON FRUTOS No hay remedio.

MARQUESA ¿Es posible...?

DON REMIGIO (Aparte a la MARQUESA.) ¡Infame acción! (Aparte a DON FRUTOS.) ¡Discreta resolución!

DON FRUTOS (A DON REMIGIO.) Hombre, quite usted de en medio.

DON REMIGIO (Aparte a la MARQUESA.) ¡No me escucha! Es montaraz.

MARQUESA Quítese usted de delante.

DON REMIGIO ¿Guerra ha de ser? Adelante. (Haciendo señas a derecha e izquierda.) Yo quería poner paz...

(Se retira a un lado.)

MARQUESA ¿Conque a Belchite? ¡Ah, los yernos...! ¿Nos quiere usted confinar en un mísero lugar? ¡Usted tira a embrutecernos!

DON FRUTOS ¡Otra! ¿Quién les manda a ustedes que se embrutezcan?

MARQUESA ¡Qué horror! ¡Me moriré de dolor... allá entre cuatro paredes! ¡Solitaria como un hongo!...

DON FRUTOS Todo se remediará. Quédese usted por acá. Maldito si yo me opongo.

DON REMIGIO (Esto marcha.)

MARQUESA Entiendo. ¡Sola quiere llevársela!

DON FRUTOS Pues.

MARQUESA ¡Para tratarla después como a una negra de Angola! Mas sin hacerme pedazos...

DON FRUTOS ¡Señora...!
DON REMIGIO (¡Orejas, bien va!)
MARQUESA Usted no conseguirá arrancarla de mis brazos.
DON FRUTOS Si mi mujer ha de ser, irá adonde fuere yo, porque...
MARQUESA No; ¡a Belchite, no!
DON FRUTOS Pues no será mi mujer.
DON REMIGIO (¡Albricias!)
MARQUESA ¡Oh! ¡Ya lo veo! ¡Se desdice usted!
DON FRUTOS ¡Marquesa!
MARQUESA Usted falta a su promesa.
DON FRUTOS ¡Por vida del Zebedeo!... ¿Quién ha pensado...?
MARQUESA ¡Intentar antes del dulce consorcio esa especie de divorcio...! ¡La horca antes que el lugar!
DON FRUTOS No, señora, eso no es cierto; pero ¿hay ley que me prohíba, ¡suegra o diablo!, que yo viva donde mis padres han muerto?
MARQUESA ¡Cielos! ¡Qué dirá el notario?, ¿y qué dirán los testigos?, ¿y qué dirán mis amigos?
DON FRUTOS ¡Dale!
MARQUESA ¿Y qué dirá el vicario?
DON FRUTOS ¡Eh! Ya basta de litigio. (Alzando la voz.) ¡Belchite, Belchite quiero, Belchite!
MARQUESA ¡Jesús!... Yo muero... Téngame usted, don Remigio.
(Se desmaya en brazos de DON REMIGIO.)
DON REMIGIO Acuda usted, no peligre su vida, que el parasismo...
DON FRUTOS (Yéndose.) ¡Eh! ¿Qué sé yo...? ¡Un sinapismo! Yo no soy médico. (Entra en su cuarto.)
MARQUESA (Oyendo el ruido de la puerta y volviendo rápidamente la cabeza.) ¡Tigre!

ESCENA VII

LA MARQUESA. DON REMIGIO.

DON REMIGIO ¿Qué tal? ¿Siente usted alivio? (No ha dado lumbre el soponcio.)
MARQUESA ¡Ay qué hombre! Me ve morir..., ¡y me abandona!
DON REMIGIO Es un monstruo.
MARQUESA Bien dicen; siempre la cabra tira al monte.
DON REMIGIO Yo supongo que no volverá a tratarse de ese infausto matrimonio.
MARQUESA Pues supone usted muy mal.
DON REMIGIO Será así. No es un asombro el equivocarme yo.
MARQUESA ¿Tan de sobra están los novios? ¿Así se dan calabazas a un hombre que nada en oro?
DON REMIGIO Es decir que nos iremos a Belchite. Yo...
MARQUESA Tampoco.
DON REMIGIO Pues digo a usted, Marquesita, que no comprendo...
MARQUESA ¡Qué tonto es usted!
DON REMIGIO Convengo...
MARQUESA ¡Y qué mentecato!
DON REMIGIO No me opongo...
(¡Vuelvo a temblar por mis pobres orejas!)
MARQUESA Yo hallaré modo de evitar...
DON REMIGIO Elisa viene.
(Y viene muy a propósito.)

LA MARQUESA. DON REMIGIO. ELISA.

DON REMIGIO ¡Elisa! ¡Usted tan tranquila por allá dentro, y nosotros...!
ELISA ¿Qué ha habido?
MARQUESA (¿Qué irá a decir?)
DON REMIGIO ¡Friolera! Que por poco no se nos muere mamá.
MARQUESA (Hace señas a DON REMIGIO para que calle, y él se desentiende.) ¡Hum...!
ELISA ¡Dios mío! Pues ¿qué...? ¿Cómo...?
DON REMIGIO Se ha sincopado. Es decir, un accidente espasmódico...
ELISA ¡Jesús!
MARQUESA ¡Eh! No ha sido nada. No hagas caso.
DON REMIGIO Ello sí, pronto
se recobró...
MARQUESA ¡Si te digo...!
DON REMIGIO Yo la apreté el dedo gordo...
ELISA Mas ¿qué causa...?
DON REMIGIO Una alcaldada horrible de ese hipopótamo aragonés.
MARQUESA ¡Don Remigio!
DON REMIGIO (Con mucha viveza.) ¿Pues no se empeña el bolonio, quiera usted, o no, en llevársela a aquel maldito villorrio?
ELISA ¡Virgen Santa! ¿Yo a Belchite?
DON REMIGIO Como cinco y tres son ocho. Este ha sido su ultimatum.
A Belchite, o no hay consorcio.
MARQUESA ¿Está usted ya satisfecho, ¡seor necio, hablador de a folio!
REMIGIO ¡Ah! Yo creí... ¿Conque usted...? ¡Voto a san...! (Ya tiene el tósigo en el cuerpo.)
ELISA ¡Ay, madre mía! Ese hombre no tiene prójimo. ¡Llevarme a un lugar!... ¡Y yo que le iba queriendo un poco!... Ya le aborrezco de muerte.
MARQUESA No irás a Belchite.

ELISA ¡Oh gozo! ¿Tú le habrás dicho que ya no hay nada de desposorios? Por una parte lo siento, porque es honrado, y buen mozo, y rico; pero sacarme de Madrid... ¡Vaya al demonio!

MARQUESA ¡Calla! Tan simple eres tú como el señor.

DON REMIGIO Me conformo.

ELISA Pero...

MARQUESA Corre de mi cuenta arreglar este negocio. Por ahora es necesario...

ELISA ¿Qué?

MARQUESA Decirle amén a todo.

ELISA ¿Incluso el viaje a Belchite?

MARQUÉS ¡Boba! Por supuesto.

ELISA ¿Qué oigo!

MARQUESA Es preciso no escamarle. (A DON REMIGIO.) Apóyeme usted.

DON REMIGIO Apoyo.

MARQUESA Si ahora le dices que no, ¡adiós, boda! ¡Y qué bochorno, qué afrenta para nosotras! ¡Desairadas por un tosco provincial!...

ELISA Pero ¿qué haremos si cuando sea mi esposo se empeña en que he de seguirle?

MARQUESA ¿Han de faltar por de pronto pretextos para alejar la partida? ¿No habrá un cólico que nos saque del conflicto? ¿No sabrán después tus ojos cautivar su voluntad? Hoy con mimos y piropos y dengues, al otro día con lágrimas y sollozos... Harás de él cuanto quisieres. Y si viene a tu socorro la santa naturaleza; si hay inapetencia y vómitos...

ELISA (Bajando los ojos.) ¡Eh, mamá!

MARQUESA (A DON REMIGIO.) Apóyeme usted.

DON REMIGIO Sí, yo apruebo y corroboro...

MARQUESA Otros novios más bravíos se vuelven mansos palomos sabiéndolos manejar. Si no te bastan tus propios recursos, yo estoy aquí...

DON REMIGIO (Entre dientes.) ¡Jesucristo!

MARQUESA ¿Eh?

DON REMIGIO Nada... Apoyo.

MARQUESA No hay cuidado. Entre las dos hemos de volverle loco.

ELISA No, yo no espero...

MARQUESA Ahora mismo voy a decirle que otorgo...

ELISA ¡Por Dios, mamá! Yo no puedo...

MARQUESA ¿No has de poder? Yo respondo. Verás: entro yo en su cuarto primero; le desenojo; al oír la campanilla entras tú... (A DON REMIGIO.) ¡Usted no!
DON REMIGIO Si estorbo...
MARQUESA Sí, señor.
DON REMIGIO Bien; no riñamos. Opino del mismo modo.
ELISA Pero, mamá, reflexiona...
MARQUESA ¡Eh, basta, que me sofoco! Harás lo que yo te digo, o nos oirán los sordos. (Entra en el cuarto de DON FRUTOS.)

ELISA. DON REMIGIO.

ELISA ¡Ay, Dios mío!
DON REMIGIO ¡Es fuerte apuro!
ELISA Si me caso...
DON REMIGIO No hay envite: ciudadana de Belchite; cuéntelo usted por seguro.
ELISA ¿Qué haré?
DON REMIGIO Calabazas.
ELISA ¡Oh! Seré a mi palabra fiel... ¡aunque muera!
DON REMIGIO Hagamos que él sea quien diga que no.
ELISA ¿De qué modo?
DON REMIGIO Una esperanza a ese pobre capitán. ¡La ama a usted con tanto afán...!
ELISA Pero...
DON REMIGIO Aunque sea de chanza.
ELISA Poco ha me han dado un billete que su pesar atestigua...
DON REMIGIO Bien. Una respuesta ambigua...   Eso a nadie compromete. Dígale usted, por ejemplo: «He dado ya mi palabra, y aunque mi desdicha labra la repetiré en el templo; mas si por otro o por él se descompone la boda, usted sólo me acomoda para esposo, don Miguel.»
ELISA No, que eso es decirle mucho.
DON REMIGIO Pues un poco menos. ¡Ea! Aquí hay papel, tinta, oblea...
ELISA (Caminando hacia la mesa como maquinalmente.) Entre mil ideas lucho.
DON REMIGIO ¡Vaya!
ELISA (Sentándose.) ¿Y si luego amenaza a don Frutos?
DON REMIGIO No hará tal; mas bueno es que haya un rival para que espante la caza.
ELISA (Escribiendo.) Mi mamá...
DON REMIGIO Ya estoy alerta... (por la cuenta que me tiene.) Avisaré si alguien viene. No quito ojo de la puerta. ¡Y qué orejas! La pared taladran y adentro asoman. ¡Oh! Mis orejas se toman mucho interés por usted. ¿Está? ¡Al sobre! Demos fin...
ELISA (Cerrando el billete.) a cuál de los dos...
(Suena una campanilla.)

DON REMIGIO ¡Aprisa, que suena el dilín, dilín!

ELISA (Levantándose con precipitación y dándole el billete.) Tome usted. Sin sobre va.

DON REMIGIO El sobre no importa un bledo. Es que no sé, a fe de Elisa, Irá a sus manos... Yo quedo...

MARQUESA (Dentro.) ¡Elisa!

ELISA Allá voy, mamá.

(Entra en el cuarto de DON FRUTOS.)

ESCENA X

DON REMIGIO.
¡Ah! Ya salí de mi ahogo. El cielo vuelve por mí. ¡Ya tengo orejas!
Creí convertirme en perro dogo.
(Vase corriendo por la derecha del foro.)

ACTO IV

ESCENA I

DON FRUTOS.
(Sale de su cuarto en chinelas, con pantalón holgado, sin corbatín, con zamarra de piel de oso y un pañuelo de seda atado a la cabeza a estilo de Aragón.) Ahora sí que muevo a gusto mis remos. Nada me aprieta. ¡Esto es estar en la gloria! Pero ¡qué silencio reina en esta casa! Yo extraño... Pues ya son las seis y media. Estarán por allá dentro sin duda. ¿Y cómo no piensan en que yo me desayune? ¡Oh! Pues ya no tiene espera mi estómago. Llamaré. (Hace sonar la campanilla.) Apenas probé la cena, porque se comió tan tarde y tenía yo tal priesa de acostarme... ¡No responden! Pues la campanilla suena, que bien la oigo. -Otra vez.- (Vuelve a llamar.) ¿Sirven así a las marquesas en Madrid? (Tira sin cesar de la cinta de la campanilla hasta que acude JUANA.) ¡Oh! Mas que rompa la cinta... ¿Qué gente es esta, santo Dios! ¿Si estarán todos durmiendo? ¡Voto a mi abuela!...

ESCENA II

DON FRUTOS. JUANA.

JUANA (Entra con algún desaliño como quien acaba de levantarse de la cama.) ¡Vaya un modo de llamar! ¡Y a estas horas!
DON FRUTOS ¡Linda flema!
JUANA ¡Ah! ¿Es usted!...
DON FRUTOS Sí; abre los ojos y sacude la pereza.
JUANA ¡Pereza! Pues ¿qué hora es?
DON FRUTOS ¡Otra! Las seis y cuarenta.
JUANA ¡Toma, toma...! Yo pensaba
DON FRUTOS que era más tarde. ¡Esa es buena! ¿Cuándo es tarde para ti?
JUANA Pero, señor, ¿quién creyera que usted madrugara tanto? ¿Le duele a usted la cabeza? Mucho sentiría...
DON FRUTOS Gracias. Gozo de salud perfecta, pero soy madrugador por costumbre y por sistema. Y antes hubiera saltado de la cama, que en mi tierra me levanto con el alba; pero el viaje en diligencia, y aquellas malditas botas que me tuvieron en prensa... Eso a cualquiera cristiano le hace salir de la regla.
JUANA (Mirándole y sonriéndose.) (¡Qué pañuelo y qué zamarra!...) Cuando la novia le vea... Querido señor don Frutos, a la hora que usted despierta sólo dejan de dormir en Madrid a pierna suelta horchateros en verano y en invierno buñoleras.
DON FRUTOS ¡Así hay aquí tanta gente encanijada y enteca! Mas ¿dónde están las señoras? Me tomaré la licencia de darles los buenos días...
JUANA Es excusada molestia. 60 Todavía no han venido.
DON FRUTOS Ya, sí... Estarán en la iglesia... Bien; lo primero es la misa, y aunque hoy no es día de fiesta...
JUANA ¿Qué misa? ¡Si es que no han vuelto del baile aún!
DON FRUTOS ¿Qué me cuentas? (Estas ya son otras misas.) Bien sé que pensaban ellas irse después del teatro a una función de... etiqueta, como aquí dicen; mas nunca se me pasó por la tela del juicio que el baileteo durase una noche entera.
JUANA Como usted se recogió a la hora de la retreta y se las dejó en el palco...
DON FRUTOS Es que no entiendo esa jerga italiana, y al arrullo de las voces y la orquesta me dormía... ¿Qué mortal está libre de

flaquezas? Pero, señor, ¡qué gobierno de casa! ¿Y van con frecuencia a esas danzas perdurables? ¿O sólo de uvas a brevas...?

JUANA ¡Qué! No, señor. ¡Si es el pan de cada día!

DON FRUTOS ¿De veras? (¡Malo! ¡Malo!)

JUANA Pocas noches se retiran con estrellas.

DON FRUTOS ¿Conque aquí la noche es día y el día...?

JUANA Pues, vice versa.

DON FRUTOS (¡Virgen Santa del Pilar, qué desorden, qué vergüenza!)

JUANA (Mejor le sienta ese traje que el otro.)

DON FRUTOS Ahora bien, morena, yo, que no enmiendo la plana al que los astros gobierna, tengo gana de almorzar. Di, pues, a la cocinera, si no está también de baile...

JUANA No, señor. Ella se acuesta más temprano, y ya andará por el fogón...

DON FRUTOS Norabuena. Pues que disponga mí almuerzo. Despacha.

JUANA ¿Café y manteca?

DON FRUTOS ¡Valiente cosa! Jamón con huevos.

JUANA Lo que usted quiera.

DON FRUTOS Y no más vino de extranjis.

JUANA Lo traeré de Valdepeñas.

DON FRUTOS Venga. Al fin es español... aunque no es de Cariñena.

ESCENA III

DON FRUTOS.

¿Dónde me he metido, cielos! ¡Qué costumbres tan diversas de las mías! ¡Ah! Yo voy a pasar la pena negra... ¿Quién sabe...? Allá en mi lugar, ya que Elisa está dispuesta a seguirme... ¿Y si me engaña? ¡No hay que fiar en promesas de mujeres! Y aunque en eso a mi gusto condescienda, irán con ella a Belchite sus caprichos... ¡y mi suegra! Gallarda es la moza, sí, y a poquito que pusiera de su parte, lograría barajarme la chabeta; mas, según lo que voy viendo, ni me quiere ni lo sueña; ¡y eso es gaita! ¡Ah padre mío!... Dios te dé la gloria eterna, mas no tuviste chirumen para escoger una nuera. A no ser por mi respeto a su voluntad expresa, y a no haber soltado yo la palabra que me empeña, ¡bravo chasco llevaría mi señora la Marquesa! (Un criado atraviesa el foro de izquierda a derecha.) ¡Ojalá!... Pero oigo abrir la puerta de la escalera. Ellas serán... Ellas son. (Mirando adentro.) Oigo la voz de la vieja.

ESCENA IV

DON FRUTOS. LA MARQUESA. ELISA.

MARQUESA (Al criado en la puerta.)
Que venga esa muchacha a desnudarnos pronto. (Vase el criado por
donde vino, y entran en la sala la MARQUESA y ELISA.) ¿Qué hace
ese hombre aquí...? ¡Calle! ¡Es don Frutos!
ELISA (¡Ay qué facha!)
DON FRUTOS Yo soy, señora mía; no se asombre.
MARQUESA La mudanza de traje... Buenos días.
DON FRUTOS Buenas noches.
ELISA (Aparte con su madre.) ¡Qué diantre de zamarra!
MARQUESA ¡Por los clavos de Cristo, no te rías!

ESCENA V

LA MARQUESA. DON FRUTOS. ELISA. JUANA.

JUANA Aquí estoy.
DON FRUTOS (A ELISA.)
¿Te parece un poco charra mi pellica, verdad? Lo siento mucho, pero...
ELISA No; yo no digo...
DON FRUTOS Chica, ande yo caliente, y ríase la gente.
MARQUESA Dice bien. Lo primero es el abrigo, y mientras le compramos en la tienda una bata elegante con cordones...
DON FRUTOS No hay para qué. Estoy bien con esta prenda.
ELISA (Parece que al mesón de la Encomienda ha venido a vender melocotones.)
MARQUESA ¿Y qué tal se ha dormido?
DON FRUTOS Grandemente. ¿Y qué tal hemos bailado?
MARQUESA La niña. Yo me he estado jugando al ecarté.
DON FRUTOS (¿También la suegra tira la oreja a Jorge? Esa es más negra.)
MARQUESA Es lástima que el sueño y el cansancio le hayan privado a usted, señor don Frutos, de una soirée tan buena.
DON FRUTOS Yo, a lo rancio... Nadie me saca a mí de mis casillas. Es lindo mientras lucen las Cabrillas bailar con una dama, pero es mejor, a mi entender, la cama.
MARQUESA ¡Eh!... Se duerme de día...
DON FRUTOS Hágalo el madrileño. Yo, como soy así..., tan lugareño... ¡qué quiere usted!... Madrugo, y a las diez de la noche ¡me entra un sueño...!
ELISA (¡Santo Dios!)
MARQUESA ¡Eh! Todo es la primer noche.
Luego...
ELISA ¡A las diez!
MARQUESA Cualquiera se acostumbra...
DON FRUTOS ¡Oh! Yo no soy cualquiera.
ELISA (¡Qué verdugo!)
DON FRUTOS Y juro por el sol que nos alumbra
ELISA (¡Ay, Dios me libre de su horrible yugo!)
DON FRUTOS Así tengo de hacerlo hasta que muera, y espero que mi dulce compañera imitará mi ejemplo...

MARQUESA (Interrumpiéndole.) Se supone...

ELISA (En voz baja.)

¡Ay, mamá...!

MARQUESA (Lo mismo.) Transijamos por ahora, no sea que otra vez se desazone.

DON FRUTOS (¡Qué mala cara ha puesto mi señora!) (Vuelve el criado con el almuerzo para DON FRUTOS, lo pone en una mesa y se retira.) ¡Hola! ¿Viene el almuerzo? Me alegro. Con permiso... Daremos al estómago un refuerzo.

ELISA Si ustedes gustan. Gracias. Tan temprano...

MARQUESA Nosotras, a dormir.

DON FRUTOS (Sentándose a la mesa.) Pues ya! Preciso!

ELISA (¡Y he de darle mi mano!)

MARQUESA Dormiremos un rato. Hasta la una...

ELISA (¡Mal haya mi fortuna!) (A JUANA.) Ven tú; me quitarás cintas y broches.

(A DON FRUTOS.)

Conque, abur.

ELISA Buenos días. (Vanse por la puerta de la izquierda.)

DON FRUTOS Buenas noches.

DON FRUTOS.
(Partiendo el jamón.)
Santo Cristo de la Seo
que me estáis probando así,
decid, ¿qué pecado gordo
vengo a purgar en Madrid?
Novia que quiere bailar
cuando yo quiero dormir,
¿de quién está enamorada?
¿De mis rentas o de mí?
Suegra que en todo se mete,
hasta en lo que he de vestir,
y me trata cual si yo
fuera algún chisgarabís,
y se desmaya, y trasnocha,
¡y juega!, ¿no dará fin
de mi bolsa y mi paciencia
antes que amanezca abril?
¡Y me he de casar!... Si hallara
algún medio, algún ardid...
Para aguzar el ingenio
probemos de este pernil.
(Come.)
¡Hola! Pues está sabroso.
No me engañó la nariz.
(Echándose vino.)
Ahora un trago del manchego...
(Bebe.)
¡Bravo! Bien haya la vid
que te crió. No se bebe
mejor vino en Alcañiz.
(Tomando otro bocado.)
Si fueran iguales todos
los tragos que espero aquí,
ningún cristiano me oyera
quejarme de este país.

ESCENA VII

DON FRUTOS. JUANA.

JUANA (Ya a la vieja he despachado,
y pues la novia gentil
entró en su cuarto diciendo:
no necesito de ti,
voy yo a aviarme...)
(A DON FRUTOS al pasar.)
¿Qué tal
el jamón?
DON FRUTOS Sabe a las mil
maravillas.
JUANA Lo celebro.
¿Hay buen apetito?
DON FRUTOS Sí.
¿Quieres probarlo?
JUANA Mil gracias.
(Ni es vanidoso ni ruin.)
Hágale a usted buen provecho
y me tendré por feliz.
DON FRUTOS Dios te lo pague, morena.
(Vase JUANA.)
Confieso que son aquí
menos zahínas que en Belchite
las doncellas de servir.

ESCENA VIII

DON FRUTOS. ELISA.

ELISA (Desde la puerta.)
Señor don Frutos...
DON FRUTOS (Levantándose.) ¡Qué veo!
(Yo la hacía ya en camisa.)
¡No te has acostado, Elisa!
ELISA (Acercándose.)
Hablar con usted deseo.
DON FRUTOS Pues me place, como hay Dios.
Ya es justo que sin empacho
tengamos, Elisa, un cacho
de parlamento los dos.
ELISA ¿Promete usted el secreto
sobre el paso que ahora doy
y no enfadarse, aunque voy
a hablar muy claro?
DON FRUTOS Prometo.
Mas también va a ser muy clara
mi lengua; y es menester
que me oigas en paz, mujer,
y no me arañes la cara.

(Se sientan.)

ELISA Es usted muy buen sujeto...
DON FRUTOS Y tú muy buena vasalla.
ELISA Otro mejor no se halla.
DON FRUTOS No hay dibujo más completo.
Eres gala de Madrid.
ELISA Y usted honra de Belchite;
pero... si usted me permite...
DON FRUTOS En los peros está el quid.
ELISA Bueno es, antes que nos den
la bendición conyugal,
que temiendo hacerlo mal
lo reflexionemos bien.

DON FRUTOS Sí, ya lo dice el proverbio.
Vamos a reflexionar...
(Calabazas me va a dar
ella misma. ¡Esto es soberbio!)
Habla, no temas al bu.
ELISA Sería muy venturosa
con usted cualquier esposa,
menos...
DON FRUTOS ¡Vaya! Menos tú.
ELISA Mal he dicho. Es un desliz...
Quiero decir, caro amigo,
que casado usted conmigo
no podría ser feliz.
DON FRUTOS Ni yo soy, cual tú lo ves,
y eso lo conoce un nene,
el marido que conviene
a la hija de un marqués.
ELISA ¿Qué entiendo yo de bodegas,
y de abonar el terreno,
y si se mide el centeno
por varas o por fanegas?
DON FRUTOS ¿Qué entiendo yo de elegancia,
y de ese tono de aquí,
ni qué me importan a mí
los figurines de Francia?
ELISA De la barra y la pelota
yo el mérito no distingo.
DON FRUTOS Ni yo de óperas en gringo
donde no cantan la jota.
ELISA No se suba usté a la parra
si le digo, aunque con miedo,
que acostumbrarme no puedo
a un marido... con zamarra.
DON FRUTOS Ni yo me acomodaría
a una linda caprichuda
que se viste y se desnuda
ocho o diez veces al día.
ELISA Poco me inclina mi estrella
al que en su primer visita,
no hace distinción maldita

entre el ama y la doncella.
DON FRUTOS Y yo doy a Belcebú
dama que habla a su marido
muy seria, muy de cumplido...,
y a su madre tú por tú.
ELISA Un marido... Calamocha,
¡que madruga! ¡Virgen Santa!
DON FRUTOS Vea usted, y a mí me espanta
una mujer que trasnocha.
ELISA ¡Yo por valles y por cerros!
¡Yo marido cazador
que repartirá su amor
entre la esposa y los perros!
DON FRUTOS ¡Yo mujer con tantos dengues
que, faltando a la justicia,
me negará una caricia
por no ajar sus perendengues!
ELISA Y aun viviendo aquí los dos
cediera al fin mi desvío,
pero ¿y Belchite? ¡Dios mío!
DON FRUTOS Pero ¿y la suegra? ¡Buen Dios!
ELISA Y será bueno Belchite,
guapo lugar: lo concedo.
DON FRUTOS Pues ¿y Madrid? No haya miedo
que yo lo desacredite.
ELISA Y aquella vida campestre
será muy dulce, muy sana.
¿Quién sabe...? De buena gana
pasaría allí un trimestre.
DON FRUTOS Desear yo un pasaporte
que me vuelva a mi lugar
cuanto antes, no es condenar
las costumbres de la corte.
Son muy cucas, no hay falencia;
pero, al fin, no son las mías.
ELISA Hay ciertas antipatías...
DON FRUTOS Sí, cada uno a su querencia.
ELISA Y pues no hay conformidad...
DON FRUTOS ¡Pues! ¿A qué ofender a Dios?
¿A qué...?

ELISA Casarnos los dos...
DON FRUTOS Es una barbaridad.
ELISA Pues... ahora bien...
DON FRUTOS Ahora bien...
ELISA Salgamos de este pantano.
DON FRUTOS Pues niégueme usted su mano,
y buenas noches, y amén.
ELISA Yo no he de volverme atrás,
que en mi palabra confía
mamá y ¡Jesús!... no podría
perdonármelo jamás.
DON FRUTOS Yo también lo prometí,
y en mi probidad no cabe...
ELISA Toda la corte lo sabe.
¿Qué se diría de mí?
DON FRUTOS ¡Otra!
ELISA A usted que es forastero,
y hombre, y tendrá más valor
que yo, le estará mejor...
DON FRUTOS No, que yo soy caballero.
ELISA Con todo...
DON FRUTOS No haría bien
en quitar a usted la fama;
pero en boca de una dama
a nadie ultraja un desdén.
ELISA ¿Cómo ahora tan discreto?
DON FRUTOS Es que yo mismo me azuzo
y el entendimiento aguzo
para salir del aprieto.
ELISA ¿No hay muchos hombres infieles?
DON FRUTOS Mujeres, más.
ELISA Porque ahora
diga usted...
DON FRUTOS No, no señora:
no troquemos los papeles.
ELISA ¿Conque ni el propio interés
mueve a usted...?
DON FRUTOS Ni un terremoto.
Nunca mi palabra he roto,
¡nunca! Soy aragonés.

ELISA ¡Medrados estamos!
DON FRUTOS Sí,
como tres con un zapato.
ELISA ¿Será usted tan insensato...?
DON FRUTOS Seré lo que siempre fui.
ELISA Pues yo no he de ser veleta.
El no... no saldrá de mí.
DON FRUTOS Pues yo he de decir que sí
aunque me lleve Pateta.
ELISA ¡Bien está: nos casaremos!
DON FRUTOS ¡Bien: será usted mi mujer!
ELISA Bien: usted tendrá el placer
de que los dos nos ahorquemos.
DON FRUTOS ¡Yo no!
ELISA (Es como esa pared.)
¡No tiente usted al demonio!
Si es funesto el matrimonio,
la culpa será de usted.
Tanto a una mujer se apura...
DON FRUTOS De bien a bien soy muy manso,
pero... Es que no soy tan ganso
como usted se lo figura.
ELISA ¡Oh! Ya veremos después
quien sufre más de los dos
y quién... ¡Soy mujer!... Adiós.
(Vase por la puerta de la izquierda.)
DON FRUTOS ¡Adiós! Soy aragonés.

DON FRUTOS.
Con la futura una lid,
otra con la suegra chocha...
¡Ay Frutos! ¡Ay Calamocha!...
¿Quién te ha traído a Madrid!

ESCENA X

DON FRUTOS. DON MIGUEL.

DON MIGUEL Estoy resuelto.
(A DON FRUTOS que está de costado y en actitud de cavilar.)
Buen hombre,
pase usted recado a don...
¡Es un nombre tan ramplón!...
Don Frutos.
DON FRUTOS (Volviendo la cara.)
Ese es mi nombre.
DON MIGUEL ¡Ah, que es usted..., caballero!
Me ha sorprendido el hallazgo.
¿Quién conoce a un mayorazgo
en traje tan charanguero?
DON FRUTOS Este traje es de mi agrado.
DON MIGUEL Eso lo conoce un topo.
DON FRUTOS Y a ningún alma de chopo
se lo he pedido prestado.
DON MIGUEL ¿Es ese el traje de boda?
DON FRUTOS ¿Le importa a usted? ¡Voto a quién...!
¿Se ha encargado usted también
de sastrearme a la moda?
DON MIGUEL No me tomo yo ese cargo
que excede al talento mío.
Traigo otro...
DON FRUTOS Pues ¡al avío!
Diga usted.
DON MIGUEL No seré largo.
Ya que nos vemos las caras,
cosa que yo no quisiera...
DON FRUTOS Menos prosa. La madera
no está para hacer cucharas.
DON MIGUEL ¡Hola! ¡Me alza usted el gallo!
Me alegro, señor galán.
DON FRUTOS Se lo alzaré al Preste Juan,
que ya de cólera estallo.
DON MIGUEL Pues, señor, al grano.

DON FRUTOS ¡Oh!...
DON MIGUEL Usted quiere que le den
a Elisa, pero también
aspiro a su mano yo.
DON FRUTOS Bien, y a mí ¿qué se me da?...
DON MIGUEL Somos dos; una es la bella;
casarnos los dos con ella...,
no puede ser.
DON FRUTOS Ya.
DON MIGUEL Pues ya.
Mas la salida es muy obvia.
Si uno al otro es importuno...
DON FRUTOS ¡Pues ya! De los dos el uno
se ha de quedar sin la novia.
DON MIGUEL Si ella fuese de Cutanda
mereciera usted su afecto,
pero esa boda en proyecto
es una fusión nefanda;
y así, pues el buen sentido
en tales casos pronuncia,
haga usted formal renuncia,
y quedaré agradecido.
DON FRUTOS Oiga usted y no haya riña.
No me importara un ardite
volver soltero a Belchite,
porque ¡es alhaja la niña!
Pero eso de que un compadre
con tal fuero me lo exija...
Primero... -poco es la hija-
me casara con la madre.
DON MIGUEL Pues entonces, señor mío,
ya no queda otro recurso
que matarnos.
DON FRUTOS ¡Buen discurso,
como hay Dios! ¡Un desafío!
DON MIGUEL ¡Sí, señor, y pronto, al trote!
DON FRUTOS A galope, si usted quiere.
DON MIGUEL Diga usted qué arma prefiere...
Elija usted.
DON FRUTOS Un garrote.

DON MIGUEL Esa es arma de mal tono.
DON FRUTOS Esa es la que yo manejo.
DON MIGUEL Y es digna de ese aparejo,
mas no la adopta mi encono.
Sentencie nuestro proceso
o la pistola, o la espada...
DON FRUTOS No, señor.
DON MIGUEL O el sable...
DON FRUTOS ¡Nada!
Garrotazo y tente tieso.
DON MIGUEL Pero ¿hemos de ser tan brutos ?...
DON FRUTOS ¡Leña! Ya que usted se empeña
en que haya camorra, ¡leña!
No hay más tu tía.
DON FRUTOS ¡Don Frutos!
DON FRUTOS ¡Don... usted!
DON MIGUEL Con ese alarde
de atroz salvajismo inculto
quiere usted huir el bulto
a mi venganza, ¡cobarde!
DON FRUTOS (Furioso y amenazándole con el puño.)
¡Yo cobarde! ¡Voto a briós!...
DON MIGUEL (Poniendo mano a la espada y retirándola
inmediatamente.)
No demos aquí un escándalo.
DON FRUTOS ¡Yo cobarde! ¡Yo...!
DON MIGUEL ¡Seor... vándalo!,
ya nos veremos los dos.
Yo sabré...
DON FRUTOS Si no mirara...
DON MIGUEL Lo que he de hacer con un ente
como usted. Todo viviente
le ha de escupir en la cara.

ESCENA XI

DON FRUTOS
(A la puerta.)
Tengo un puño en cada brazo,
y si alguno me provoca,
antes que escupa su boca
la hundiré de un puñetazo.
¡Se fue! Señor, ¿hay conciencia
para hostigar tanto y tanto
a un hombre de bien? Un santo
perdería la paciencia.
¡Oh! Ya no reparo en nada.
¿Quieren que mi saña aborte?
Bien está. Yo haré en la corte
una que sea sonada.

(Entra en su cuarto.)

ACTO V

ESCENA I

DON REMIGIO. DON MIGUEL.

DON MIGUEL ¿Conque es verdad?
DON REMIGIO Sí, a las dos
se firma el contrato.
DON MIGUEL ¡Lindo!
DON REMIGIO Para esa hora están citados
el notario y los testigos.
DON MIGUEL ¡Y es la una y media! ¿Qué haremos?
Discurra usted un arbitrio.
DON REMIGIO ¿Qué sé yo...? Mal pleito es este.
No dio lumbre el desafío;
Elisa está resignada
al funesto sacrificio;
la vieja es inexorable...
Sólo nos queda un camino.
DON MIGUEL ¿Cuál?
DON REMIGIO Que como otro Escipión
se venza usted a sí mismo
y abandone...
DON MIGUEL ¿Qué se entiende
abandonar? ¡Por el siglo
de mi madre...!
DON REMIGIO (Mis orejas
corren otra vez peligro.)
DON MIGUEL ¡Ceder yo el campo! Primero
habrá en esta casa tirios
y troyanos.
DON REMIGIO Norabuena,
mas -¡por los clavos de Cristo!-
¿qué consejo puede dar
en estos momentos críticos,
señor don Miguel, un hombre
tan amable y tan pacífico
como yo? Si se tratase

de un inocente artificio,
de una intriguilla venial,
¡vaya con Dios!; siempre he sido
complaciente, y manejable,
y amigo de mis amigos.
Pero cuando usted vacila
entre rapto y homicidio,
¿seré yo tan Barrabás
que le empuje al precipicio?
Mi consejo...
DON MIGUEL Es de un menguado.
DON REMIGIO Si será. Yo no me pico...
DON MIGUEL ¡Bueno fuera, siendo yo
el amado, el preferido,
que se llevase la novia
un bárbaro campesino!
DON REMIGIO ¡Es un horror! Pero ¿no hay
en Madrid jefe político?
Demanda al canto, depósito,
y es asunto concluido.
DON MIGUEL Ya se lo he propuesto a Elisa,
pero es tan pobre de espíritu...
DON REMIGIO Por no chocar con su madre,
por no exponerse al ludibrio
de las gentes y al escándalo...
DON MIGUEL ¿Qué escándalo ni qué niño
muerto? ¿Es escándalo usar
de su derecho legítimo?
¡Pero esas mujeres...!, ¡oh!,
cuando dan en un capricho...
Y... ¿qué sé yo?... Juraría
que aún ha de estar indeciso
su corazón de coqueta
entre uno y otro individuo.
DON REMIGIO (Tal creo.)
DON MIGUEL Ya no hay que andarse
por las ramas. Es preciso,
forzoso, urgente, matar
al aragonés maldito.
DON REMIGIO ¡Hombre, mire usted!...

DON MIGUEL Él sale.
Me alegro mucho.
DON REMIGIO (¡Dios mío!)

ESCENA II

DON REMIGIO. DON MIGUEL. DON FRUTOS.

DON FRUTOS ¡Hola, señor capitán!
Sea usted muy bienvenido.
DON MIGUEL ¡Eh! Cumplimientos a un lado,
que estoy hecho un basilisco.
DON FRUTOS ¡Qué bobada... y qué mal tono!
DON MIGUEL ¿Cómo...?
DON FRUTOS Yo estoy muy tranquilo,
y aconsejo a usted que tome
mi ejemplo.
DON MIGUEL No; yo he venido...
DON FRUTOS Ya sé, con la misma tema
de armar camorra conmigo;
pero cuando uno no quiere...
no riñen dos. Esto es fijo.
DON MIGUEL ¿No? Yo sabré...
DON FRUTOS Usted no sabe
lo que se pesca, amiguito.
Mejor sería, en lugar
de venirme a mí con libros
de caballería andante,
que pusiera usted su ahínco
en atraparme la novia.
¿No digo bien, don Remigio?
DON MIGUEL ¿Así me habla usted!
DON FRUTOS Así.
Yo sé bien lo que me digo.
Los momentos son contados.
Dejémonos de litigios,
don Miguel, y procuremos
salir de este laberinto.
¿Le ha visto a usted la Marquesa?
DON REMIGIO No, ni sabe que ha venido.
Se encerró en el tocador...
DON FRUTOS Perfectamente. Pues ¡listo!
Guárdese usted de sus ojos.
No faltará un escondrijo...

Y mientras solo con ella
le digo cuántas son cinco,
cuide usted de que la chica
no se muera de fastidio.
DON MIGUEL Pero...
DON FRUTOS No hay pero que valga.
Ella sabe mis designios...
¡Ande usted!
DON MIGUEL (En voz baja a DON REMIGIO.)
Ya capitula.
Me tiene miedo: está visto.
(A DON FRUTOS.)
Supongo que aquí no hay maula...
DON FRUTOS Yo siempre he jugado limpio.
DON MIGUEL (Volviendo la cabeza después de dar algunos pasos.)
Es que...
DON FRUTOS ¡Ande usted!
(Vase DON MIGUEL por la izquierda del foro.)
¡Aún se me hace
de pencas el señorito!

ESCENA III

DON FRUTOS. DON REMIGIO.

DON REMIGIO Yo celebraré en el alma,
caro amigo, que usted logre
desbaratar esa boda;
porque, si vale mi pobre
dictamen, cuando no son
homogéneos los consortes,
es el matrimonio un símil
de los órganos de Móstoles.
DON FRUTOS No, no es esa la mujer
que me conviene.
DON REMIGIO ¡Y sin dote!
DON FRUTOS Eso no me importa un bledo,
pero tengo otras razones...
DON REMIGIO ¡Oh! Sobradas. Y pensar
que ella renuncie a la corte
y a sus... Para usted sería
pintiparada, de molde
una mujer... como yo.
DON FRUTOS ¿Cómo usted? ¿No es usted hombre?
DON REMIGIO Quiero decir..., de mi genio,
de mis circunstancias; dócil,
servicial...
DON FRUTOS (Para sí.) Mientras él viva
no faltará quien le abone.
(A DON REMIGIO.)
Pues lo que es a servicial,
ni usted, ni nadie en el orbe
me gana a mí. Mire usted
que tiene cuatro memoles...
DON REMIGIO (¡Huy!)
DON FRUTOS Trabajar un galán...,
¿eh?, para que otro le sople
la dama. ¿Eh?
DON REMIGIO Yo convengo
en que es muy raro ese noble
proceder, famoso asunto

para mármoles y bronces.
DON FRUTOS Mas no lo hago por virtud,
ni por miedo a los bigotes
del capitán pendenciero,
porque a mí nadie me tose;
lo hago por ver si me zafo
del apuro en que me ponen.
Líbreme yo de la novia
y de esa suegra o demontre,
y más que cargue con ambas
Perico el de los palotes.
Mas si no cede la vieja
a mis justas reflexiones,
y se mantiene en sus trece...,
¡pues!, como yo en mis catorce,
y al fin tengo que casarme,
juro a Dios y a los apóstoles
que he de romper la cabeza
a ese interesante joven.
DON REMIGIO No permita Dios... Supongo
que para mí no habrá golpes.
Yo soy amigo de usted...
Más que amigo; soy su cómplice...
DON FRUTOS ¡Eh! Con usted no va nada.
Pero los minutos corren
que vuelan y la Marquesa
no viene. Aunque usted perdone,
don Remigio, ¿quiere usted
llamarla?...
DON REMIGIO Con mil amores.
DON FRUTOS Y luego...
DON REMIGIO Entendido. Luego
querrá usted que me incorpore
con los otros y...

DON FRUTOS Cabal.

DON REMIGIO Pero me excusa un galope
mi señora la Marquesa.

(Saludando a la MARQUESA que llega.)

Muy servidor...

(A DON FRUTOS.)

A la orden.

ESCENA IV

DON FRUTOS. LA MARQUESA.

MARQUESA ¿Cómo es eso? ¡Aún está usted
de zamarra!
DON FRUTOS ¡Eh! No me estorba.
MARQUESA ¡Y va a venir el notario,
y los testigos!... ¡Qué sorna!
DON FRUTOS Me alegro de ver a usted.
Tenemos que hablar a solas...
MARQUESA ¡Jesús! y están convidadas
más de cuarenta personas...
DON FRUTOS No le hace...
MARQUESA ¿Qué dirán? Hecha
un ascua de oro la novia,
yo un brazo de mar, y el novio...
DON FRUTOS Yo no gasto ceremonias.
MARQUESA Bien estoy así. ¡En toilette
de calesero!
DON FRUTOS ¿Qué importa?
MARQUESA Importa mucho. ¿Usted quiere
que se burlen de nosotras?
DON FRUTOS Si usted toma mi consejo
podrá excusar esa mofa.
MARQUESA ¿Y qué consejo...? Sepamos...
DON FRUTOS Que se deshaga la boda.
MARQUESA ¡Oh!... ¿Qué dice usted? ¿Salimos
con esa embajada ahora?
(Entreabren por dentro la puerta de la izquierda.)
DON FRUTOS Aquí no hay más embajada
que la razón, y me sobra
por todas mis coyunturas.
MARQUESA Don Frutos, basta de broma.
DON FRUTOS Hablo de veras. Usted,
señora mía, no es tonta,
y bien habrá conocido
que el tal casamiento es droga.
Yo soy demasiado tosco
para dama tan preciosa;

no se cambian las costumbres
como se cambian las modas,
y nunca harán buenas migas
perro y gato en una alforja.
MARQUESA ¡Eh! ¡Como de esos milagros
hace el amor!
DON FRUTOS ¡Dale, bola!
No nos amamos nosotros:
¿lo entiende usted?; no, señora.
Yo lo sé de buena tinta;
esto es, de su propia boca,
y ella de la mía: ¿estamos?
Ni soy mudo, ni ella es sorda.
MARQUESA Ella cumplirá, no obstante,
con los deberes de esposa...
DON FRUTOS No diré yo lo contrario...
si la permiten que escoja;
porque ha de saber usted,
si por desgracia lo ignora,
que hay bigotes de por medio.
MARQUESA ¡Bobada! A usted se le antojan
los dedos huéspedes.
DON FRUTOS No.
MARQUESA ¡Vaya!
DON FRUTOS Hay moros en la costa.
MARQUESA Cuando a mí nada me ha dicho
la niña...
DON FRUTOS Teme la cólera
de usted.
MARQUESA ¿Por qué? Yo no fuerzo
su voluntad.
DON FRUTOS Se equivoca
mi señora la Marquesa...,
por no decir otra cosa.
MARQUESA Hablemos claro, don Frutos,
y diga usted sin tramoya
que retira su palabra.
¡Hombre sin pudor, sin honra,
sin fe...!
DON FRUTOS ¡Señora Marquesa!

No quiera usted que nos oigan
los sordos; tenga usted juicio,
y ahorremos una camorra.
A todos nos salva un no.
Veamos a quién le toca
pronunciarlo. Si yo diera
calabazas a la moza,
sobre faltar al respeto
del que está bajo una losa,
fueran ustedes silbadas
diez leguas a la redonda;
ella no lo soltará
si la llevan a la horca;
conque...
MARQUESA ¿Conque yo he de ser
quien cante la palinodia?
DON FRUTOS Sí, señora, y yo consiento
que me ponga usted como hoja
de perejil, y me acuse
de haber roncado en la ópera...,
¡si tal!, y de haber comido
a cucharadas la sopa;
y más que salga también
a la colada la historia
del velador, y el abrazo,
y la zamarra, y las botas...
y más que sea preciso,
para que usted quede airosa,
compararme... ¿A quién diré?
Al bruto de Babilonia.
MARQUESA No; ya es tarde. Yo no cedo.
DON FRUTOS ¿No?
MARQUESA Mil veces no.
DON FRUTOS ¡Señora!
¡Mire usted que eso es ponerme
en el pescuezo una soga!
¡Mire usted que si me obliga
a que mi palabra rompa;
¡yo!, ¡un aragonés!, ¡ah!, juro
por mi padre que esté en gloria

que se ha de acordar usted
de don Frutos Calamocha.
MARQUESA ¡Bravatas! ¡Baladronadas!
DON FRUTOS Pues ya que usted me provoca,
¡guerra!, ¡venganza!
(Sacando una cartera y de ella unos papeles.)
Aquí tengo
mi artillería. ¡Arda Troya!
MARQUESA ¡Cómo!
DON FRUTOS Usted recordará
si no es flaca de memoria
que, cuando el marqués difunto
residía en Zaragoza,
para sacarle de empeños
le abrió mi padre su bolsa.
MARQUESA Es verdad. Le prestó algunas
cantidades...
DON FRUTOS Y no flojas.
(Mostrando a la MARQUESA un papel.)
Vea usted: ¡veinte mil pesos!
MARQUESA (¡Dios mío!)
DON FRUTOS Cuenta redonda.
MARQUESA Pagaré...
DON FRUTOS De eso se trata.
El documento está en forma.
MARQUESA (¡Este hombre me va a perder!)
Más adelante...
DON FRUTOS No, ahora.
Págueme usted al momento,
o la casa se alborota
y ante el notario y testigos
digo que es usted tramposa.
MARQUESA ¡Ah, don Frutos!
DON FRUTOS Y la pongo
por justicia.
¡Qué congoja!
DON FRUTOS Y le embargo cuanto tiene
en la sala y en la alcoba...
MARQUESA ¡Jesús, qué hombre!

ESCENA V

LA MARQUESA. DON FRUTOS. JUANA.

JUANA (Anunciando.) Los testigos,
el cura de la parroquia,
el notario...
MARQUESA ¡Justo Dios!
JUANA El marqués de la Alcachofa...
MARQUESA Voy... Que esperen un momento...

ESCENA VI

LA MARQUESA. DON FRUTOS.

MARQUESA Tenga usted misericordia...
DON FRUTOS ¿La ha tenido usted de mí?
La venganza es muy sabrosa.
MARQUESA ¡Baje usted la voz!
DON FRUTOS No puedo,
que el furor me desentona.
Todos sabrán...
(La MARQUESA cierra la puerta del foro.)
¿Cierra usted?
Pues levantaré la solfa.
O pagarme, o despedirme,
o he de hacer...
MARQUESA ¡Virgen de Atocha!...
DON FRUTOS Una de pópulo bárbaro,
y aunque me gaste mil onzas
he de tener el consuelo
de que pida usted limosna.
MARQUESA ¡Basta! ¡No más! Yo recojo
la palabra de la novia,
y la mía.
DON FRUTOS ¡Eso!
MARQUESA Y diré
que el novio no me acomoda.
DON FRUTOS ¡Así!
MARQUESA Y diré la verdad,
porque es usted un idiota.
DON FRUTOS ¡Divinamente! Un abrazo
le daría a usted ahora.
MARQUESA Mas ¿qué dirán los testigos...?
esto es lo que me sofoca,
y el notario, y tanta gente
convidada.
DON FRUTOS Usted se ahoga
en poca agua. Ellos venían
a presenciar una boda...
MARQUESA ¡Y esa boda se ha frustrado!

DON FRUTOS Pues ¿hay más que darles otra?
MARQUESA ¡Cómo!... ¿Con quién?...
DON FRUTOS (Acabando de abrir la puerta de la izquierda.)
Verbigracia.
(Salen ELISA, DON MIGUEL, DON REMIGIO, y se arrodillan a los
pies de la MARQUESA.)
DON MIGUEL ¡Señora!...
ELISA ¡Mamá!...
DON REMIGIO ¡Señora!...

LA MARQUESA. ELISA. DON FRUTOS. DON MIGUEL. DON REMIGIO.

MARQUESA ¿Qué veo! Aparta de aquí,
hija traidora.
ELISA ¡Perdón!...
MARQUESA ¡Qué horrible conspiración!
DON FRUTOS Todo se gobierna así.
MARQUESA ¡Ah! ¡Me han burlado!
DON REMIGIO ¡Por Dios!...
DON MIGUEL ¡Ah, señora! Yo protesto...
MARQUESA Pero ¿qué viene a ser esto?
(Viendo que también DON REMIGIO está arrodillado.)
¿Te has de casar con los dos?
DON REMIGIO Cada cual en este asedio
hace el papel que le dan.
Este es el primer galán,
y yo... un parte de por medio.
MARQUESA (Buscar un yerno es urgente
en este lance de honor,
y pues no hay otro mejor...,
cubramos el expediente.)
DON MIGUEL Rica no será conmigo,
pero mi amor...
ELISA ¡Por piedad!...
DON FRUTOS ¡Por la negra honrilla!...
MARQUESA ¡Alzad!
Yo os abrazo y os bendigo.
DON FRUTOS ¡Viva! ¡Eso es ser madre! Ahora
que estamos todos contentos,
rompo yo mis documentos.
(Hace pedazos los papeles que sacó.)
Estamos en paz, señora.
MARQUESA ¡Tanta generosidad!
Me confunde usted, me abate...
DON FRUTOS No tal. Pago mi rescate
y ¡viva la libertad! 3
DON REMIGIO ¡Oh pecho noble y sin hiel!
DON FRUTOS Basta. Demos al olvido...

DON MIGUEL ¡Don Frutos!...
ELISA (¡Qué necia he sido
en no casarme con él!)
DON FRUTOS Ahora andemos a porrazos
si usted quiere, capitán.
DON MIGUEL No; ya no tengo ese afán.
DON FRUTOS (En actitud de brindarle con un abrazo.)
Pues...
DON MIGUEL ¡Venga usted a mis brazos!
(Se abrazan.)
DON REMIGIO (Enternecido.)
El llanto inunda mi cara,
y siento una conmoción...,
una... ¡Bravo!... ¡Otra edición
del Abrazo de Vergara!
MARQUESA Vamos a la sala presto,
que nos están esperando...
DON FRUTOS Vayan ustedes andando...
DON REMIGIO ¿Y usted...?
DON FRUTOS No es aquel mi puesto.
Yo voy a buscar un coche
que me vuelva a mi lugar.
MARQUESA ¿Ya se quiere usted marchar?
DON FRUTOS Sí. No duermo aquí esta noche.
También yo entiendo, Marquesa,
algo de filosofía,
aunque tengo todavía
el pelo de la dehesa.
ELISA Pero ¡dejarnos así...!
DON REMIGIO Sin disfrutar del convite...
DON FRUTOS ¡Nada! ¡A Belchite, a Belchite!
La corte no es para mí.